OBSERVATIONS

SUR

LA SEMIRAMIS

DE M. DE VOLTAIRE

*Sur la premiere Critique de cette Tragédie, &
sur deux nouvelles Epîtres en vers du même
Poete, avec une Réfutation du Natilica Conte Indien, ou Critique de Catilina, & un
Extrait critique du Voltariana.*

A LETHOPOLIS.

M. DCC. XLIX.

OBSERVATIONS

SUR

LA SEMIRAMIS

De M. DE VOLTAIRE,

ET SUR

LA PREMIERE CRITIQUE

DE CETTE TRAGÉDIE.

A ALETHOPOLIS.

M. DCC. XLIX.

OBSERVATIONS
SUR
SEMIRAMIS;

Et sur la premiere Critique de cette Tragédie.

O N vous a envoyé, Monsieur, dans votre Solitude, *la Lettre Critique sur la Tragédie de Sémiramis.* * Vous me demandez si vous pouvez vous déterminer d'après elle, pour prendre du moins une idée générale de cette Piéce. Vous exigez, que j'y joigne quelques Observations. Je ne puis refuser cet amusement à votre loisir champêtre. Ne croyez pas

---

* Faite par Monsieur Desforges, ancien Clerc de Notaire, & Auteur du Feu *Rival Sécretaire*, Comédie.

A ij

cependant, Monsieur, que ce soit ma décision, que je vous donne. Je ne suis pas assez hardi, pour la risquer sur un pareil sujet : mais tout le monde parle de Sémiramis. Je vais vous rendre, à peu près, ce que tout le monde en dit : & je suivrai pour cela le plan de *la Lettre Critique*, puisque c'est la seule connoissance que vous ayez prise de ce Poëme. Elle vous a mis sans doute au fait, & du sujet, & des Personnages : & ce ne sera pas un désavantage pour l'Auteur de cette Lettre de recevoir en passant quelques avis sur sa Critique.

Dès la premiere page l'Auteur de la Lettre parle *des chutes de Voltaire*. Il dit, *qu'elles ont quelque chose de si brillant, & sont accompagnées de circonstances si extraordinaires, que ses Rivaux, si on pouvoit raisonnablement lui en supposer, seroient presque tentés d'échouer à pareil prix.* Est-ce donc la Princesse de Navarre, ou le Temple de la gloire, que le Critique a en vue ? On prétend, que c'est Eriphile, & Adelaïde Duguesclin. Il cite en effet *l'Infortunée Adelaïde* : mais à quel propos ce Critique, ami de Voltaire, en apparence, lui donne-t-il le chagrin d'une si désagreable discussion ? Dans la Critique d'une Piéce nouvelle, dont on admire avec justice l'Auteur, pourquoi lui rappeller des événemens fâcheux, compensés par tant de succès ?

Ce n'est pas avec plus de bienséance, que ce Critique à la page quatre, dit. *Je commencerai même par vous prévenir que dans la Critique, que je vais faire de cette Piéce, je ne me permettrai pas la moindre*

personnalité, ni la moindre raillerie innocente ; je juge-
rai l'Ouvrage, comme si l'Auteur eut gardé l'incognito,
& je n'imiterai certainement pas ce bon Médecin de votre connoissance, qui décide des talens d'un Poëte par
ses mœurs, & qui s'imagine, qu'un Déïste ne sçauroit
faire de bons vers. Quelle injure plus caractérisée,
que de dire à un Poëte, que l'on veut juger ses
Ouvrages, sans faire attention à ses mœurs ? Qu'a-
voit affaire ici *ce bon Médecin*, trop rare par son
scrupule ? Et quel rapport le Déïsme a-t-il avec
Sémiramis, ou du moins avec son Auteur ? Est-ce
donc de la part de ce Critique envie d'insulter ?
On ne le sçauroit croire. Il annonce au contraire
à chaque pas *ses sentimens de respect & d'admiration
pour Voltaire*. Il promet *de ne pas s'écarter un seul
instant du ton de la politesse, & de l'humanité*. C'est
donc pure maladresse ; c'est un homme, chez qui
tout céde à l'envie de parler, & que ce plaisir
domine au point de ne lui laisser jamais le tems
de réflechir.

Mais que dire de cette noble comparaison, que
fait notre Critique à la page 3. *de cette foule tumul-
tueuse, qui bordoit les avenues du Palais de Melpomene, le jour de la premiere représentation de Sémiramis, avec les excès, & l'agiotage de la rue Quinquem-
poix ?* Que penser de la pieuse citation, faite au
même endroit, du Cantique *Nunc dimittis servum
tuum, Domine, &c.* à propos de *la curiosité générale
bien flateuse pour Voltaire*, d'où ce Critique conclut,
que sans attendre la fin de cette fameuse journée, ce

Poëte auroit pû s'écrier dès ce moment avec le bien-heureux Siméon, *Seigneur, laissez à présent aller mon ame en paix.* Quel assemblage de puérilité , de mauvais goût, & d'indécence !

M. de Voltaire n'est pas Prophéte, dit tout de suite le Critique. *Encouragé par le passé, il lui étoit permis de s'abuser sur l'avenir.* Le Critique a-t-il cru être Prophéte lui-même ? A-t-il prétendu annoncer à la premiere représentation, que Sémiramis n'en soutiendroit pas plusieurs ? Car c'est dès la premiere représentation, ainsi qu'il le dit, qu'il s'est déterminé pour cette Critique, & il paroît en effet, qu'il regardoit alors la chuté de cette Piéce comme certaine. Mais en ce cas, que devient cette malheureuse Prophétie à une quinziéme représentation également fournie de Spectateurs, soutenue des mêmes applaudissemens, & que la saison seule interrompt ?

Quel rapport pouvoit avoir à ces succès de Sémiramis, l'Opéra *des quatre Parties du Monde,* que le Critique dit allégoriquement à la page 3. *avoir été envain parcouru par le Cavaliere son Auteur, sans avoir pu soutenir sa réputation, quoiqu'il se fût heureusement fait connoître par ses premiers faits d'armes ?* Les paroles de cet Opéra, qui n'a point été représenté, ont beaucoup de Partisans, & les succès de son Auteur déja multipliés dans ce genre auroient dû le mettre à l'abri d'une Critique vraisemblablement injuste, & sans contredit amenée de trop loin.

Devoit-on s'attendre davantage à trouver aux pages 4. & 5. deux Personnages du Palais, gens peu accoutumés à se voir sur le Théatre à côté d'un Auteur Tragique, & d'un Auteur si fameux? Sa Critique, quand on s'en veut occuper, a-t-elle donc besoin de la misérable ressource d'Episodes aussi étrangers? Pourquoi rappeller à Voltaire une aventure peu agréable, que le tems ne laissoit plus subsister? Ce zoïle moderne a-t-il encore voulu malgré ses protestations réiterées insulter ce Poëte? Ou n'auroit-il fait simplement que céder à l'envie de grossir un volume? A-t-il cru, que pour le vendre plus cher, il devoit y dire du mal de plus de personnes?

Avec quelles expressions dures, pour ne rien dire de plus, s'explique-t-il à cet égard à la page 4. *je ne puis me rappeller sans indignation, dit-il, le procédé indécent du petit* Ciceron, *qui se fit voir l'année derniere aux Tableaux. Je ne sçaurois mieux le comparer, qu'à cet enragé, dont parle Tacite, qui attaquoit les plus grands Personnages de Rome,* ut magnis inimicitiis claresceret. *D'ailleurs son attachement héréditaire pour le Clergé doit au moins le faire soupçonner de partialité contre un Ecrivain, qui n'a pas toujours ménagé ce premier corps de l'Etat, & qui, dans Sémiramis même, prêche la résidence à nos Evêques, avec autant de force, que de délicatesse, en mettant dans la bouche de Mitrane cet Eloge d'Osroës, Grand-Prêtre du Soleil.*

On le trouve en son Temple, & jamais à la Cour.

Que préfente d'abord cette fi rebutante expreſ-
fion *d'un enragé* ? Ne feroit-ce point un Ecrivain,
s'il s'en trouvoit de ce caractere, dont le hazard,
ou la malignité feule auroit fait un Auteur, qui
fans néceſſité, même fans prétexte s'érigeroit en
Cenfeur de gens, qu'il connoîtroit à peine, qui
n'écriroit, que pour dire du mal, ou pour parler
plus exactement, qui ne diroit du mal, que pour
vendre ce qu'il écriroit, qui au défaut de talens,
croiroit pouvoir s'aſſurer le fuccès par la calomnie ? Ne feroit-ce donc pas là *cet enragé*, que
toute l'Antiquité nous dénonce comme le Ci-
toyen le plus dangereux, comme l'homme de
Lettres même, s'il en étoit de pareil, le plus mé-
prifable ?

Quelle mifere, que la remarque *du portrait mis
l'année derniere aux Tableaux* ! Ne fçait-on pas que
c'eſt l'ambition feule du Peintre qui y place ?

Quant au Clergé, que ce Critique fait fi ju-
diciufement, & fi à propos entrer dans fes réflexions, ce Corps refpectable à tous égards doit
être furpris fans doute de fe trouver dans un auſſi
frivole Ouvrage : & Voltaire ne doit pas fçavoir
meilleur gré au jeune Auteur, de l'annoncer comme *un Ecrivain, qui n'a pas toujours ménagé ce premier Corps de l'Etat*. On eſt perfuadé, que ce Poëte
n'a jamais manqué, du moins de deſſein prémé-
dité, aux déférences, qui font dues à ce Corps
Illuſtre.

D'ailleurs étoit-ce àpropos d'Ofroës, ce Miniſtre du Soleil, ce Prêtre, que vous trouverez, ſi indécent, on le peut dire même, ſi malhonnête homme, que l'on devoit ſuppoſer que Voltaire trop judicieux, auroit eu deſſein de donner des leçons à nos Evêques ? L'idée ſeule révolte. Auſſi paroît-elle avoir tourné la tête à notre Critique au point de lui avoir fait prendre pour motif de partialité dans un Avocat, qui défendoit ſa cauſe contre Voltaire en 1746. entre autres choſes, le deſſein qu'il donne à ce Poëte en 1748. d'inſulter les Evêques. Quel Anacroniſme de raiſon! Et pourquoi écrire, quand on écrit ſi peu conſéquemment ?

J'éviterai même, ajoute ce Critique, *de tomber en un autre excès, dans lequel a donné le ſecond Défenſeur de ce Violon, plus connu dans les Salles du Palais, où il n'a paru qu'à une ſeule Audience, que dans l'Orqueſtre de l'Opéra, où il eſt depuis douze ans.* Ce Violon ne pourroit-il pas dire pour toute réponſe, que ce jeune Auteur, même après ſa critique, ne ſera connu nul part ?

Vous avez lû ſa défenſe, continue-t-il ; *& vous avez remarqué avec quel art perfide on paroit la victime de fleurs, pour l'égorger enſuite plus ſolemnellement. De quelque ſel attique, que cet Ouvrage ſoit aſſaiſonné, je ne ſçai ſi tant d'eſprit juſtifie l'Auteur au Tribunal du ſentiment, & ſi M. de Voltaire ne pourroit pas lui dire avec aſſez de vérité : vous ai-je jamais auſſi mal habillé ? Si j'ai fait quelque faute, ſi je me ſuis*

*donné quelque ridicule , est-ce donc à vous de me le re-
procher ?*

Mais devoit-il être question dans cette Lettre d'autre chose que de Sémiramis ? le Critique
s'y étoit précisément engagé. Il avoit promis *de
juger l'Ouvrage comme si l'Auteur eût gardé l'incognito.*
Ce Poëme ne suffisoit-il pas pour l'occuper tout
entier ? les autres époques de la vie de Voltaire
étoient alors indifférentes.

Si on parloit à ce Critique , on lui demande-
roit la permission de le citer lui-même au Tribunal de la raison. Il y apprendroit peut-être : car
on veut bien le croire encore susceptible de leçons. Il y apprendroit, qu'il ne faut jamais chercher à offenser gratuitement ceux dont on n'a
point à se plaindre, que vouloir dire du mal des
autres, est un métier trop dangereux, quand on
n'est pas sûr, qu'il n'y ait que du bien à dire sur
son compte, & ce qu'on lui pardonne volontiers
pour la premiere fois , attendu son peu d'expérience , on ne le lui passeroit peut-être pas, s'il ré-
cidivoit. Doit-on risquer en effet aucun reproche
sérieux contre qui que ce soit , quand on n'est
pas certain des faits ? Faut-il jamais condamner
personne sur des propos hazardés dans le Public ,
& dont on n'a aucune preuve ? Ne sont-ce pas
là les principes *de l'humanité & de la politesse,*
dont le Critique avoit promis lui-même, qu'il ne
s'écarteroit pas , & sur ces principes , le Critique ne se feroit-il pas épargné à ce sujet, tou-

tes réflexions fur le fentiment? Auroit-il donné
puérilement dans ce jeu de mots, qui lui a cependant paru affez ingénieux, pour le rendre en
lettres italiques ?

Il ne s'agit point encore de la critique de
Sémiramis. Ne vous en étonnez pas, M. vous devez avoir vu, que de trente pages d'impreffion,
il n'y en a que huit de critique : encore en méritent-elles à peine le nom. C'eft un mauvais
extrait, incapable de donner aucune idée jufte
de la piéce. Il eft également vicieux dans le bien,
& dans le mal qu'il en dit. Sufpendez donc votre Jugement, M. avec le difcernement que vous
avez, cette piéce mérite, que vous ne vous en
rapportiez qu'à vous même.

Vous y trouverez de grandes beautés dans la
verfification, & d'étonnantes fingularités dans la
conduite. Il femble, que le Poëte ait voulu tout
facrifier à la pompe des vers ; car perfonne ne
connoft certainement mieux que lui les régles
du Théatre : & ce n'eft jamais au hazard, qu'il
s'en écarte. Mais on diroit, qu'il a voulu nous
fubjuguer par la magie de fa vérfification, au
point de nous diftraire totalement fur l'intrigue,
fur la conduite, & fur l'intérét : & ce qui vous
paroîtra plus fingulier, M. c'eft que cette magie
des vers a réellement fait fon effet, c'eft qu'à cette piéce totalement contraire à la vraifemblance,
livrée entiérement au preftige, & au furnaturel,
& par une conféquence néceffaire dénuée d'intérét

dans toutes ſes parties, on court en foule. Une fois ne ſuffit pas. On y retourne avec empreſſement. La curioſité n'eſt pas encore ſatisfaite. On s'y trouve comme entraîné, preſque malgré ſoi, pour la troiſiéme fois, ſans en être raſſaſié. N'avouerez-vous pas, M. que de pareils miracles étoient réſervés au ſeul Voltaire ? il n'appartient qu'à lui de ſe mettre au-deſſus des régles : car il n'en a obſervé dans cette Piéce aucunes. Il ſemble qu'elles doivent toutes plier ſous ſes talens. Il eſt né pour les choſes les plus extraordinaires. Peut-être auſſi trouvera-t-on qu'il n'a que trop bien rempli ſa deſtinée.

Après cette idée générale, je vais, M. parcourir legérement les cinq Actes avec notre Critique. Le ſecours d'un de mes amis, dont la mémoire eſt extrêmement rare, ſans que ſon jugement en ſouffre, ce ſecours me met en état de vous donner une quantité aſſez conſidérable des vers de cette piéce : & vous pourrez dans vos boſquets, juger en même tems, & de la conduite, & de la verſification.

ACTE PREMIER.

'Expofition du fujet eft affez raifonnable
fi l'on en excepte cependant un coffret,
que vous y trouverez. C'eft le premier
ridicule de cette Piéce. Quant à l'extérieur, vous
pouvez imaginer, M. une curiofité pofée dans une
place publique, fur deux tréteaux. Au fond ce coffret dépofitaire précieux des gages les plus importans, n'eft pas fermé. Comment Arface a-t-il tenu
contre la curiofité fi intéreffante pour lui, de l'ouvrir ? il y devoit trouver le fecret de fa vie. Ofroës
Grand-Prêtre, ou plûtôt deux foldats ne font qu'y
toucher, & il s'ouvre. Sans aucun examen Ofroës
voit, dans le detail, ce qu'il renferme, jufqu'à la
lettre même, qu'il ne lit pas, qu'il n'a vraifem-
blablement jamais vu, & dont il fçait la teneur.
Il en fait cependant un profond miftere à Arface, que cela intéreffe fi finguliérement, c'eft-à-
dire, qu'il lui parlé beaucoup, & ne lui dit rien.
Cette aventure burlefque eft jointe à quelques
rodomontades du gafcon Affur, qui ne dit pas
plus de chofes, en parlant tout autant. Les remords de la craintive Sémiramis viennent au fe-

cours : & c'eſt un caractere certainement tout neuf,
Voltaire ne l'a pris dans aucun Hiſtorien. Cette
Reine préſentée partout comme courageuſe, &
même intrépide, ne paroît 15 années après la mort
de Ninus, que pour rendre compte de ſes remords ; ils ne l'avoient pas beaucoup embarraſſée
juſqu'alors. C'eſt même dans la place publique,
ou au moins dans la cour du Palais, que la Scéne
eſt judicieuſement placée. Sémiramis s'y livre
diſcrétement à ſes inquiétudes les plus ſecrettes.
Toutes les avenues en ſont apparemment exactement gardées par des Sentinelles. Elle dit un
mot en paſſant au tombeau de Ninus. Elle annonce l'Oracle de Jupiter Ammon ; & voilà le
premier acte complet. On y entend à la vérité
de beaux vers.

Ninias fils de Ninus & de Semiramis, élevé &
connu ſous le nom d'Arſace ouvre la Scéne avec
ſon Confident Mitrane. Et dit.

Oui, Mitrane, en ſecret l'ordre émané du Trône,
Rappelle, entre tes bras, Arſace à Babilone.
Que bénis ſoient les Dieux, dont mon cœur ſuit les
     Loix.
Je retrouve un ami dans le Palais des Rois.
Mes yeux n'avoient point vû ces pompeuſes merveilles ;
De qui la Renommée étonnoit mes oreilles,
Ce Temple, ces Jardins dans les airs ſoutenus,
Ce tombeau, qu'éleva la Veuve de Ninus,
Eternels monumens moins admirables qu'elle.
Dans ces Auguſtes lieux, je ſens que tout m'appelle.

Je vais paroître enfin devant Sémiramis ;
Au nom de l'Orient, par nos armes soumis ;
Et dans tout son éclat voir cette Reine heureuse.

MITRANE.

La Renommée, Arsace, est souvent bien trompeuse ;
Et peut-être avec nous bien-tôt vous gémirez ,
Quand vous verrez de près ce que vous admirez.

ARSACE.

Comment ?

MITRANE.

Sémiramis à ses douleurs livrée ,
Seme ici les chagrins dont elle est dévorée ,
Arsace l'instruit des commencemens de sa fa-
veur auprès de Sémiramis , par ces vers.

Et quand Sémiramis aux Rives de l'Oxus ,
Vint imposer des Loix à cent peuples vaincus ;
Elle laissa tomber de son Char de Victoire,
Sur mon front jeune encore, un rayon de sa gloire.
Je m'entendois flater par cette auguste voix,
Dont tant de Souverains ont adoré les Loix.
Je la voyois franchir cet immense intervale ,
Qu'a mis , entr'elle & moi , la Majesté Royale.

Mitrane rend compte des terreurs de la Reine,
Elle invoque les Dieux : mais les Dieux irrités
Ont corrompu le cours de ses prospérités.

ARSACE.

Quel est d'un tel état l'origine imprévue ?

MITRANE.

L'effet en est affreux. La cause est inconnue.

ARSACE.

Et depuis quand les Dieux l'accablent-ils ainsi ?

MITRANE.

Du temps qu'elle ordonna, que vous vinssiez ici.

ARSACE.

Moi !

MITRANE.

Vous. Ce fut, Seigneur, au milieu de ces Fêtes,
Quand Babylone en feu célébroit vos conquêtes,
Lorsqu'on vit déployer ces Drapeaux suspendus,
Monumens des Etats à nos armes rendus,
Lorsqu'avec tant d'éclat l'Euphrate vit paroître
Cette jeune Azema, la niéce de mon Maître,
Ce pur sang de Bélus, & de nos Souverains,
Qu'aux Scithes ravisseurs ont arraché vos mains,
Ce Trône a vû flétrir Sa Majesté Suprême
Dans des jours de triomphe, au sein du bonheur même.

ARSACE.

Azema n'a point part à ce trouble odieux.
Un seul de ses regards adouciroit les Dieux.
Azema d'un malheur ne peut être la cause ;
Mais de tout cependant Sémiramis dispose...

MITRANE.

. . . . De ses chagrins son esprit dégagé,
Souvent reprend sa force, & sa splendeur premiere,
J'y reconnois les traits de cette ame si fiere,
A qui les plus grands Rois sur la terre adorés,
Même par leurs flateurs, ne sont pas comparés.
Ce secret de l'Etat, cette honte du Trône
N'a point encor percé les murs de Babylone.
Ailleurs on nous envie : ici nous gémissons.

ARSACE

ARSACE.

Pour les foibles Mortels, quèlles hautes leçons !
Que par tout le bonheur eft mêlé d'amertume !
Qu'un trouble auffi cruel m'agite & me confume !
Que le plus tendre amour, & le plus noble orgueil
Me préparent peut-être un effroyable écueil !

Arface efpere obtenir de Sémiramis, pour prix
de fes fervices, la permiffion d'époufer Azema. Il
doute cependant du fuccès, & dit.

Mais fouvent dans les Camps un Soldat honoré,
Rampe à la Cour des Rois, & languit ignoré.

Arface demande à voir le Grand-Prêtre. Il fou-
haiteroit, qu'il le conduifît chez la Reine.

MITRANE, *lui répond.*

Rarement il l'approche. Obfcur & Solitaire,
Renfermé dans les foins de fon faint miniftére,
Sans vaine ambition, fans crainte, fans détour;
On le trouve en fon Temple, & jamais à la Cour.
Il n'a point affecté l'orgueil du rang Suprême,
Ni placé fa Tiâre auprès du Diadême.
Moins il veut être grand, plus il eft révéré:

Le Grand-Prêtre Ofroës paroît. Arface lui dit.

Du grand Dieu des Perfans, Pontife redouté,
Permettéz qu'un Guerrier à vos yeux préfenté,
Apporte à vos genoux la volonté derniere,
D'un pere à qui mes mains ont fermé la paupiere.
. . . . Il me laiffe aujourd'hui
Envoye aux paffions; fans guide, & fans appui.

B

Arface lui nomme Phradate, & lui parle d'un coffret, qu'il lui envoyoit.

Ofroès dit.

> . . . . . . Jeune & brave Mortel,
> D'un Dieu, qui conduit tout, le décret éternel,
> Vous amene en ces lieux, plus que l'ordre d'un pere,
> De Phradate à jamais la mémoire m'est chere.
> Son fils me l'est encor plus que vous ne croyez.
> Ces gages précieux par son ordre envoyés;
> Où font-ils?

On préfente le coffret au Grand-Prêtre. Il l'ouvre, & il y voit la couronne de Ninus, fon épée, une Lettre de ce Roi, & fon fceau, ce qui lui fait dire.

> C'est-là ce même fceau, dont Ninus autrefois
> A gravé de fa main l'empreinte de fes Loix,
> Ce fer qui fubjugua la Perfe, & la Médie,
> Inutile inftrument contre la perfidie,
> Contre un poifon trop fûr, dont de cruelles mains
> Du Héros de la Perfe ont privé les humains.

Arface apprend au Grand-Prêtre, qu'il a entendu dans le tombeau de Ninus des cris redoublés. Le Grand-Prêtre lui répond.

> Ces accens de la mort font la voix de Ninus.

Il lui dit en même-tems, que Ninus a été empoifonné, & que c'est à lui de le venger. Arface demande quel est le coupable.

OSROES.

Sur ce grand interêt, qui peut-être vous touche,
Le Ciel, quand il lui plaît, ouvre & ferme ma bouche....
J'ai dit ce que j'ai dû. Des pervers éloigné
Je leve en paix mes mains vers le Ciel indigné...
.... Lorſque la nuit plus ſombre
Sur ces coupables murs viendra jetter ſon ombre,
Je vous dirai. . . .

Arſace reſté ſeul fait des réflexions ſur ce qu'il
vient d'entendre, & parle ainſi.

Quoi Ninus, quoi mon Maître, eſt mort empoiſonné !
Et je ne vois que trop, qu'Aſſur eſt ſoupçonné.

MITRANE, *revient annoncer l'arrivée d'Aſſur.*

Des Rois de Babilone Aſſur tient ſa naiſſance.
Sa fiere authorité veut de la déférence......
Et l'on peut ſans rougir devant lui s'abaiſſer.

ARSACE.

Devant lui !

ASSUR.

.... Arſace à Babilone
Sans mon ordre. Qui lui ! Tant d'audace m'étonne.

ARSACE.

Quel orgueil !

ASSUR.

Répondez. Quels interêts nouveaux ?

Vous font abandonner vos camps, & vos drapeaux?
Des rives de l'Oxus, quel sujet vous amene?

ARSACE.

Mes services, Seigneur, & l'ordre de la Reine.

ASSUR.

La Reine a des bontés : mais vous, sçavez-vous bien,
Que son ordre est toujours confirmé par le mien?

ARSACE.

Je l'ignorois, Seigneur, & j'aurois pensé, même,
Blesser, en le croyant, l'honneur du Diadême.
Pardonnez : un soldat est mauvais courtisan.
Nourri dans la Scithie, aux plaines d'Arbazan,
J'ai pu servir la Cour, & non pas la connoître.

ASSUR.

L'âge, le tems, les lieux vous l'apprendront peut-être.

Il défend à Arsace de paroître chez la Reine,
de penser à Azema, & lui dit.

Vous m'avez entendu. Frémissez téméraire;..

ARSACE.

J'y cours de ce pas même, & vous m'enhardissez.
C'est l'effet que sur moi fit toujours la menace :
Et quels que soient ici les droits de votre place,
Vous n'avez pas celui d'outrager un soldat,
Qui servit & la Reine, & vous même, & l'Etat...
Et vous me paroissez centfois plus téméraire,
Vous, qui sous votre joug, prétendant m'accabler,
Vous croyez assez grand pour m'avoir fait trembler...

Sémiramis arrive en proye aux plus vifs remords :
& c'eſt l'unique rôle, qu'elle ſoutienne dans ce Poëme. Tout le monde en convient. Le vrai titre de
cette piéce ſeroit, *Les Remords.* La Reine dit.

O voiles de la mort, quand viendrez-vous couvrir
Mes yeux remplis de pleurs, & laſſez de s'ouvrir.

Elle ne ſçait, ſi une ombre, qui la perſécute, vient
du Ciel, ou des enfers.

Cette voix formidable, infernale, ou céleſte,
Qui dans l'ombre des nuits pouſſe un cri ſi funeſte.

Son Confident la veut raſſurer par les grandes
actions, qu'elle a faites depuis ce crime ; & lui dit.

Les acclamations de ce puiſſant Empire,
Sont autant de témoins dont le cri glorieux,
A dépoſé pour vous au Tribunal des Dieux....
Cet Aſſur, qui lui-même a commis l'homicide,
Ne tremble point pourtant : & rien ne l'intimide.

S E M I R A M I S.

Nos deſtins, nos devoirs, étoient trop differens :
Plus les nœuds ſont ſacrés, plus les crimes ſont grands.
J'étois Epouſe enfin...

La Reine rend compte de ſes véritables diſpoſi-
tions pour Aſſur.
... Cet Aſcendant qu'il veut prendre ſur moi,
De ſon fatal ſervice, & de la mort du Roi,
Ce nom de mon complice enfin dont il ſe pare,
Tout m'anime en ſecret contre ce cœur barbare.

Quelle confidence à faire à un Sujet : & devroit-il être instruit de ces crimes ? elle ajoute, qu'elle a fait consulter l'Oracle de Jupiter Ammon, & elle dit en parlant du Grand-Prêtre du Soleil.

...... J'ai craint de consulter,
Ce Mage révéré, que chérit Babylone,
D'avilir devant lui la Majesté du Trône,
De montrer une fois, en présence du Ciel,
Semiramis tremblante aux regards d'un Mortel,
Mais j'ai fait en secret, moins fiere, ou plus hardie,
Consulter Jupiter, aux sables de Lybie :
Comme si loin de nous le Dieu de l'Univers,
N'eut mis la vérité qu'au fond de ces déserts...
J'ai comblé ses Autels, & de dons, & d'encens,
Répare-t-on le crime, hélas ! par des présens ?

Ne voilà-t-il donc pas suffisament de beaux vers ? on bat en effet des mains malgré soi-même ; & l'on se croit satisfait.

ACTE II.

LEs Amours d'Azema Princeffe, à qui Ninias avoit été deftiné dans fon enfance, & felon les apparences, même dès le Berceau, les amours d'Azema & d'Arface forment prefque le fecond Acte. Ils paroiffent tout d'un coup dans leur plus haut dégré de chaleur. On ne fçait pas trop à la vérité comment ces progrès fe font faits. A peine s'en agitil, qu'Azema eft furieufe d'amour. Elle ne connoît d'autre devoir, d'autre régle, d'autre loi, d'autre Souverain, & pour ainfi dire, d'autre Divinité que fa paffion. Elle dit à Arface dans la premiere Scéne.

> Vous avez crû, Seigneur, ainfi qu'à votre Armée,
> Suivi de vos exploits, & de la Renommée,
> Pouvoir montrer ici, fincére impunément,
> Et le cœur d'un Héros, & celui d'un Amant...
> Je vous aime, Seigneur, & c'eft à vous de croire,
> Que je n'en rougis point, que j'en ferai ma gloire,
> ...Que ce cœur ne peut plus s'allarmer,
> Et que je rougirois de ne vous point aimer...
> Cet aride défert, ou nâquit notre amour,
> Eft pour moi Babilone, & deviendra ma Cour:
> Peut-être l'ennemi, que cet Amour outrage,
> Ace dou x châtiment ne bo rne point fa rage

Elle lui apprend, qu'Affur eft fon Rival, & elle, ajoute.

> ...Il vous hait,

ARSACE.

Je le hais d avantage.
Mais je ne le crains point étant aimé de vous:
Conservez vos bontés ; je brave son couroux.

AZEMA.

. . . Ce cœur sombre & farouche.
Qui hait toute vertu, qu'aucun charme ne touche,
Ambitieux, esclave, & tyran tour à tour,
s'est-il flatté de plaire, & connoit-il l'Amour ?
Si déja de la Cour mes yeux ont quelque usage,
La Reine hait Assur, l'observe, le ménage ;
Ils se craignent l'un l'autre ; & tout prêts d'éclater,
Quelqu'intérêt secret semble les arrêter.

Assur arrive. Il apprend à Arsace, qu'il est son rival, que la Princesse & lui sont du sang des Rois de Babilone, & qu'il ne croit pas devoir trouver de concurrent ; & il dit.

Les honneurs, que des Rois avoient envain brigués,
Lorsque vous paroissez, vous font donc prodigués.
Vous avez en secret entretenu la Reine...

Il lui fait de nouvelles menaces.

ARSACE.

Instruit à respecter le sang, qui vous fit naître,
Sans redouter en vous l'autorité d'un Maître,
Je sçai ce qu'on vous doit, sur-tout en ces climats ;
Et je m'en souviendrois, si vous n'en parliez pas.
Vos Ayeux, dont Belus a fondé la Noblesse,
sont votre premier droit au cœur de la Princesse.
Un intérêt présent, & non moins précieux,

Vous parle encor sans doute, autant que vos Ayeux!
Moi, contre tant de droits, qu'il me faut reconnoître,
J'ose en opposer un, qui les vaut tous peut-être.
J'aime : & j'ajouterois, Seigneur, que mon secours
Mérita ses bontés, en défendant ses jours,
Qu'aux dépens de mon sang je lui prouvai mon zéle;
Si j'osois comme vous me vanter devant elle.
Je cours executer ses ordres souverains.
Je vous laisse à ses pieds : jugez si je vous crains...
Le Ciel donne souvent des Rois dans sa vengeance...
Mais il vous trompe au moins dans l'un de vos projets,
Si vous comptez Arsace au rang de vos sujets.

Et il sort. Assur dit à Azema, qu'il est de leur intérêt commun de se réunir, & qu'elle ne doit point
écouter l'Amour.

Nous perdons l'Univers, si nous nous divisons...
Non qu'à tant de beautés mon ame inaccessible,
Se fasse une vertu de paroître insensible :
Mais pour vous, & pour moi j'aurois trop à rougir,
Si le sort de l'Etat dépendoit d'un soupir.
Un intérêt plus digne, & de l'un, & de l'autre,
Doit gouverner mon sort, & commander au votre...
..... Cet austere langage,
Effarouche aisément les graces de votre âge.
Mais l'amour à vos yeux ne doit se présenter,
Que pour vous rendre un Trône, & non pour vous l'ôter.

Il dit à Azema, qu'il ne lui convient pas d'associer

..... La race d'un Sarmate,
Au sang des demi Dieux du Tigre, & de l'Euphrate.

C'est une question de sçavoir, si l'on connoissoit
alors les Sarmates.

Il lui veut faire entendre auffi, que la grandeur
de la Reine eſt ſur ſon déclin.

A Z E M A

Je connois mes ayeux ; mais après tout j'ignore,
Si parmi ces Héros, que la Syrie adore,
Il en eſt un plus grand, plus chéri des Humains,
Que ce même Sarmate, objet de vos dédains.
Aux vertus, croyez-moi, Rendez plus de Juſtice.
Pour moi, quand il faudra, que l'himen m'aſſerviſſe,
C'eſt à Sémiramis à faire mes deſtins :
Et j'attendrai, Seigneur, un maître de ſes mains.
J'écoute peu ces bruits, que le peuple répéte,
Echo tumultueux d'une voix plus ſecréte.
J'ignore ſi vos chefs, aux révoltes pouſſés,
De ſervir une femme en ſecret ſont laſſez.
Je les vois à ſes pieds baiſſer leur tête altiere.
Ils peuvent murmurer ; mais c'eſt dans la pouſſiere.
Elle régne en un mot : & vous qui gouvernez,
Vous prenez, à ſes pieds, les loix que vous donnez.
Ma gloire eſt d'obéir. Obeiſſez vous-même.

Cet amour cependant, quelque bruit qu'il faſſe
dans la piéce, eſt épiſodique. Il ne ſert ni l'intrigue, ni le dénouëment ; mais faut-il s'arrêter à ſi
peu de choſe ? ne nous occupons que des beaux
vers. Dans cet acte aſſez foible, & peu interreſſant,
on eſt ſuffiſament dédommagé par la belle Scéne de
Sémiramis & du tyran. C'eſt-là que cette Reine paroît véritablement Reine. Au commencement de
cette Scéne Aſſur demande à Sémiramis le ſujet de
ſes frayeurs.

SEMIRAMIS.

La cendre de Ninus repofe en cette enceinte :
Et vous me demandez le fujet de ma crainte,
Vous !

ASSUR.

Je vous avoüerai, que je fuis indigné,
Qu'on fe fouvienne encor fi Ninus a régné,
Ceffez de redouter fes mânes en colere.
Ils fe feroient vangés, s'il avoient pû le faire.
Je fuis épouvanté ; mais c'eft de vos remords.
Les Vainqueurs des vivans redoutent-ils les morts ?

Sémiramis lui rappelle, qu'elle n'a fait mourir
Ninus, que pour régner feule.

.... Et vous pûtes connoître,
Combien Sémiramis craignoit d'avoir un maître.
Je vous fis, fans former un lien fi fatal,
Le fecond de la terre, & non pas mon égal.
C'étoit affez, Seigneur : & j'ai l'orgueil de croire,
Que ce rang auroit pû fuffir à votre gloire...

Elle lit l'Oracle d'Ammon, qui s'explique ainfi.

>> Babilone doit prendre une face nouvelle,
>> Quand d'un fecond himen allumant le flambeau,
>> Mere trop malheureufe, époufe trop cruelle,
>> Tu calmeras Ninus au fond de fon tombeau.

Et elle dit à Affur.

C'eft ainfi que des Dieux l'ordre éternel s'explique,
Je connois vos deffeins, & votre politique.
Vous voulez dans l'Etat vous former un parti,
Vous m'oppofez le fang dont vous êtes forti,

De vous, & d'Azema mon Succeſſeur doit naître.
Vous briguès ſon himen. Elle y prétend peut-être :
Mais moi, je ne veux pas, que vos droits & les ſiens,
Enſemble confondus, s'arment contre les miens...

Elle lui apprend, qu'elle va choiſir un époux.

Et ſoit qu'un choix ſi grand honore un autre, ou vous,
Je ſerai Souveraine, en prenant un époux.
Telle eſt ma volonté conſtante, irrévocable.
C'eſt à vous à juger ſi le Dieu, qui m'accable,
A laiſſé quelque force à mes ſens interdis,
Si vous reconnoiſſez encor Semiramis,
Si je ſçai ſoutenir la Majeſté du Trône...
Le don de ma Couronne & de ma liberté,
Eſt l'acte le plus grand de mon authorité.
Loin de le prévénir ; qu'on l'attende en ſilence.
Le Ciel à ce grand jour attache ſa clémence.
Tout m'annonce des Dieux, qui daignent ſe calmer.
Mais c'eſt le repentir, qui les peut déſarmer....
Je vous paroîs timſide, & foible déſormiais,
Connoiſſez la foibleſſe : elle eſt dans les forfaits...
Croyez-moi, les remords à vos yeux mépriſables,
Sont la ſeule vertu, qui reſte a des coupables...

Elle dit, que la crainte eſt juſte.

..... Loin de bleſſer l'honneur du Diadême,
Elle convient aux Roix, & ſur-tout à vous-même,
Et je vous apprendrai, qu'on peut ſans s'avilir,
S'abaiſſer ſous les Dieux, les craindre, & les ſervir.

De cette Scène notre Critique n'a retenu, que
quatre vers, dont en voici deux.

Croyez-moi, les remords à vos yeux mépriſables,
Sont la ſeule vertu, qui reſte à des coupables.

Quelques Critiques ont dit, que les remords, font un fentiment, qui ne peut frapper les yeux, & fe peindre à eux comme quelque chofe de corporel; d'autres ont prétendu, que les remords ne font pas une vertu, qu'ils peuvent conduire à la vertu, en produifant par le repentir, le changement des mœurs, mais qu'ils ne font pas euxmêmes la vertu, & que l'homme, qui s'en tiendroit aux feuls remords, ne feroit pas vertueux. C'eft vouloir abfolument critiquer de beaux vers: & je nefçai pourquoi l'on s'en eft pris par préférence à ceux-là. Cette piece n'en préfente-t-elle pas un grand nombre d'autres fufceptibles d'obfervations plus juftes, & qui foutiendroient mal en effet la critique, fi on les dépouilloit de l'harmonie des mots, pour les réduire à la juftefle des chofes? Mais la Poéfie a fon langage particulier. On n'a jamais exigé du Poëte l'exactitude du géometre. Ce font certainement de beaux vers. Ils ont fait prefque fur tout le monde une égale impreffion.

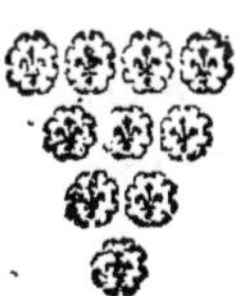

ACTE III.

LEs premieres Scénes du troifiéme Acte ne mé-
ritent aucune attention, fi l'on en croit notre
Critique. C'eft-là cependant que Sémiramis parle
encore au tombeau de Ninus, & qu'elle lui dit de
fi belles chofes. Arface lui avoit auffi parlé ; & qui
eft-ce qui ne lui parle pas dans cette piéce ? La
Princeffe, le Tyran, tous lient converfation avec
ce tombeau. Ils paroiffent le faire d'autant plus
volontiers, qu'ils en reçoivent des réponfes fou-
terraines. Ils font les feuls à la vérité, qui les enten-
dent en préfence d'une foule de fpectateurs, qui
écoutent cependant comme eux. Doit-on être furpris, qu'ils fe faffent un plaifir de venir fouvent s'entretenir avec lui ?

Sémiramis fait appeller le Grand-Prêtre. Elle le
confulte fur le choix, qu'elle veut faire. Elle lui demande, s'il eft poffible, que les morts fortent de
leurs tombeaux.

Quelle pouvoir a brifé l'éternelle barriere,
Dont le Ciel fépara l'enfer, & la lumiere ?

OSROES.

Du Ciel quand il le faut la Juftice fuprême,
Sufpend l'ordre éternel établi par lui-même.
Il permet à la mort d'interrompre fes Loix,
Pour l'effroi de la terre, & l'exemple des Rois. . . .

La Reine lui demande , s'il désaprouve ses vœux.

OSROES.

Je ne les connois pas. Puissent-ils être heureux !

SEMIRAMIS.

Les Oracles d'Ammon veulent un sacrifice.

OSROES.

Il se fera, Madame.

SEMIRAMIS.

Eternelle Justice !
Qui lisez dans mon ame avec des yeux vengeurs,
Ne la remplissez plus de nouvelles horreurs. . . .
. . . . . . Ce matin aux Autels ,
Arsace a présenté des dons aux immortels.

OSROES.

Ses présens leurs sont chers , Arsace a sçu leur pl....

SEMIRAMIS.

Je le Crois. . . .

Arsace persuadé , que la Reine épousera Assur
vient lui dire, qu'il ne pourra souffrir.

De se voir écrasé de son orgueil jaloux.
Souffrez que loin de lui , malgré moi loin de vous....
Je retourne en ces lieux , où l'on vit ma valeur. . . .

SEMIRAMIS.

. . . . . . Bientôt je vous ferai connoître ,
Qu'Assur en aucun tems ne sera votre maître. . . .

ARSACE.

Je dois dans le silence, & le front prosterné,
Attendre avec cent Rois, qu'un Roi nous soit donné...

Enfin arrive ce que le Critique appelle, *la Scéne du Conseil*, & ce qui n'est nullement un conseil. Car personne n'y dit son avis. On ne le demande même pas ; la Reine au contraire assemble les Princes, les Mages, les Grands du Royaume : & cette Assemblée de gens, qui devoient être dispersés, qu'il faut du moins avoir le tems de mander & de réunir, cette assemblée sans avoir été prévue, ni annoncée qu'à la fin du second Acte, se fait dans l'instant, & pour ainsi dire au premier coup de sifflet, comme on feroit paroître une décoration. Sémiramis alors les fait jurer tous d'obéir à celui, qu'elle va choisir. Ce seroit donc plûtôt la Scéne du serment, ou si l'on veut, la Scéne de l'ombre : car celle de Ninus y paroît fort à propos, moins pour effrayer ces Grands, que pour les tirer d'embaras, pour ne leur pas laisser le tems de marquer chacun leurs différens intérêts, & pour les dispenser de faire aucune réflexion, ni de prendre aucun parti.

Je ne sçai pas trop ce que c'est, que *l'action extérieure qui frappe si fort notre Critique dans cette Scéne, qui est*, dit-il, *une partie du Théatre, que Voltaire, a entendu le mieux de tous les tragiques.* Il me paroît seulement, que tout l'apparat, & le brillant de cette belle Scéne est prise d'après D. Sanche d'Aragon , avec cette différence cependant

dant

tant, que dans D. Sanche la Reine ne nomme pas
un Roi. Elle donne à D. Carlos, qui est son fils,
& qu'elle ne connoît pas non plus pour tel, elle
lui donne une bague, avec promesse d'épouser celui, à qui Dom Carlos la remettra : & cela est peut-
être plus décent. Il faut convenir, que dans cette
Scéne Sémiramis est merveilleuse par les sentimens,
& par les beaux vers. Sémiramis place Arsace, &
dit.

Que l'appui de l'État se range auprès du Trône.

On entend ensuite les protestations d'obéissance,
que font les personnages de la Scéne au Roi, que
Sémiramis va choisir.

Arsace dit, en rappellant sa fidélité pour Sémiramis, que son épée, son bras, & son sang

Sont à mon nouveau Maître, avec le même zéle,
Qui, jusqu'à ce moment, les anima pour elle.

O S R O E S.

. . . . . J'apporte au nom des Mages,
Ce que je dois aux Rois, des vœux, & des hommages ;
Que ma voix pour le Roi, que vous allez choisir,
N'ait qu'à benir les Dieux, plûtôt qu'à les fléchir. . . .

A Z E M A.

Nous avons tous ici les mêmes volontés.

S E M I R A M I S.

Il suffit. Prenez place ; & vous Peuples écoutez.

C'est peut-être pour parler à ce peuple entier,

C

que l'on a mis la Scène dans la place publique. Il ne reste, qu'à sçavoir si cela est raisonnable.

Si la terre quinze ans de ma gloire occupée,
Révéra dans ma main le Sceptre avec l'épée,
Dans cette même main, qu'un usage jaloux,
Destinoit au fuseau, sous les loix d'un époux,
Si j'ai, de mes Sujets surpassant l'espérance,
De cet Empire heureux porté le poids immense,
Je le dois partager, pour le mieux maintenir,
Pour étendre sa gloire aux siécles à venir.
J'ai rangé sous mes loix vingt Peuples de l'Aurore,
Qu'au siécle de Bélus on ignoroit encore.
Tout ce qu'il entreprit, je le sçus achever ;
Ce qui fonde un Etat le peut seul conserver.
Il vous faut un Héros digne d'un tel empire,
Digne de tels Sujets, & si j'ose le dire,
Digne de cette main, qui va le couronner ;
Et du cœur indompté, que je lui vais donner.
J'ai pû choisir, sans doute, entre des Souverains ;
Mais ceux, dont les Etats entourent nos confins,
Où sont mes ennemis, où sont mes tributaires.
Mon Sceptre n'est point fait pour leurs mains étrangeres ;
Et mes premiers Sujets sont plus grands à mes yeux,
Que tous ces Rois vaincus par moi-même, ou par eux.
Adorez le Héros, qui va régner sur vous.
Lui seul peut égaler les Princes de ma race ;
Ce Héros, cet Epoux, ce Monarque est Arsace.

Dans ce moment quelques coups de tonnerre, des éclairs réitérés, & fort bien exécutés n'annoncent pas l'arrivée d'un Dieu. Cette situation auroit été trop commune ; mais ce que l'on n'avoit peut-être jamais vû, le tonnerre, & les éclairs annoncent une Ombre. C'est celle de Ninus. De très-grandes por-

les s'ouvrent. On voit cette Ombre au haut des dégrés du tombeau. Des plaisans ont cru y retrouver la statuë du Festin de Pierre ; Ninus en effet
demande à Arsace, qu'il vienne dans son tombeau lui
faire un sacrifice, comme la Statuë invite Dom Juan
à souper. Le premier dit ;

        Tu dois régner Arsace ;
Mais avant que dans toi j'adopte un héritier,
Dans ma tombe, à ma cendre, il faut sacrifier.

Et le second parle ainsi :

Sur mon tombeau ce soir à souper je t'engage,
Promets-moi d'y venir. Auras-tu ce courage ?

Ces deux Scénes cependant ne se ressemblent
pas. C'est une mauvaise tracasserie que l'on fait à
l'Auteur. Pour différencier même l'Ombre de Ninus, on lui a très prudemment, & avec réflexion
donné à la seconde représentation un casque, &
une pérruque noire. D'ailleurs Dom Juan ne trouve personne, qui veuille aller avec lui. Car il dit :

Oui, Sganarel & moi nous irons.

Mais Sganarel répond.

        Moi ! non pas,
Jamais par jour, Monsieur, je ne fais qu'un repas.

Sémiramis au contraire s'offre avec empressement
à accompagner Arsace, ce qui donne occasion à
Ninus de parler encore, & de fixer de nouveau
l'attention des Spectateurs, en disant à Sémiramis.

.... Arrête, & respecte ma cendre:
Quand il en sera tems, je t'y ferai descendre.

Coup de Théatre charmant, & qui, comme le remarque fort judicieusement le Critique, *saisit d'horreur & de respect.* On a cependant observé, qu'ils parlent tous de descendre dans ce tombeau : & c'é-toit en effet, pour l'ordinaire, des lieux souterrains, où l'on descendoit par conséquent. Pourquoi donc par les dégrés qui y conduisent, est-il nécessaire de monter ? a-t-on cherché à mettre de la nou-veauté par tout ?

ACTE IV.

LE quatriéme acte a ses beautés : & toujours c'est la versification qui frappe. Azema vient faire, pour ainsi dire, une querelle d'Allemand à Arsace sur le choix de la Reine. Elle lui dit ;

Non, je ne prétends point, dans ma douleur profonde,
Disputer un perfide à l'Empire du monde.

Arsace la rassure. Il parle de Ninias, que l'on dit vivant. Il s'écrie au sujet des Ordres des Dieux. Ils

Sont plus obscurs encore à mon esprit trou...
Que le sein de la tombe où je suis appellé...
Quels Oracles confus ! quelle lumiere obscu....

AZEMA.

L'Amour parle. Il suffit. Sa lumiere est plus pur.
Entre le Thrône & moi, que mon amant choisisse,

Elle se repent ensuite de lui avoir tenu ce langage, & elle dit ;

De t'en avoir parlé mon amour est confus,
Et mon cœur est trop haut pour attendre un refus.
Je vois déja des Dieux le fidéle interpréte,
Pour t'annoncer leurs loix sortir de sa retraite.
Le malheureux amour dont tu trahis la foi,
N'est point fait pour paroître entre les Dieux & toi...
Ton sort dépend des Dieux. Le mien dépend d'Arsace.

Le Grand-Prêtre se lasse enfin du sécret, qu'il garde depuis le premier acte, sans avoir osé le confier à personne, sans avoir cherché même à en faire un parti à Arsace. Il vient instruire ce Prince de son sort. Il le ceint d'abord du bandeau Royal. Il l'arme de l'épée de Ninus ; & l'on ne peut disconvenir, que cette toilette du quatriéme acte ne ressemble un peu à celle, que l'on fait faire à Persée dans le second acte de l'Opéra de ce nom. Les Cyclopes apportent à Persée de la part de Vulcain une épée. Ce Dieu l'avoit forgée lui-même. Une Nymphe guerriere lui présente un bouclier de diamans. C'est celui de Pallas ; & les divinités infernalles lui remettent le casque de Pluton. Il y a cependant une différence essentielle. Dans Persée cette protection des Dieux ne tend, qu'à le rendre vainqueur d'un monstre, & à sauver la vie à une Princesse infortunée. Mais Arsace n'est ceint du diadême, & armé de l'épée de Ninus, que pour tuer Sémiramis, qu'on lui apprend, en même tems, être sa mere. La position comme plus singuliere auroit-elle paru en devoir être plus touchante ?

Le Grand-Prêtre après avoir ainsi armé Arsace, lui dit ;

Armé du fer sacré, que vos mains doivent prendre.

Il faut, que vous descendiez dans le tombeau de Ninus, & que vous sacrifiez à ses mânes,

Ce sang qui, devant eux, doit être offert par vous.

Le Grand-Prêtre lui révele alors l'empoisonnement de Ninus dans toutes ses circonstances. Arsace a de la peine à se persuader, que la Reine soit coupable. Il croit Assur seul criminel.

Ce crime dans Assur n'a rien qui me surprenne.
Mais croirai-je en effet, qu'une Epouse, une Reine,
L'honneur des Nations, & l'amour des Humains,
D'un attentat si noir ait pû souiller ses mains?
A-t-on tant de vertus après un si grand crime?

OSROES.

Ce doute, cher Arsace, est d'un cœur magnanime.

Arsace demande cependant Ninias, qu'on lui a assuré être en vie. Alors le Grand-Prêtre dit ces vers si singuliers.

Ninus est votre Pere....
Vous êtes Ninias.... la Reine est votre Mere.

Le Critique s'est trompé, quand il a mis ces vers, au cinquiéme Acte, dans la bouche d'Azema. Ils y étoient, il est vrai, à la premiere représentation ; & ils y faisoient un effet extrêmement ridicule. L'Auteur les a reportés au quatriéme acte, & les a mis dans la bouche du Grand-Prêtre, où on ne les trouve pas beaucoup meilleurs. Voilà l'inconvénient de se déterminer si promptement pour une Critique. Celle-ci, toute réfléchie qu'elle a pû être, court cependant les mêmes risques. Car on assure, que l'Auteur, dont la fécondité est merveilleuse, va remettre cette Tragédie au Théatre avec des changemens si considérables, que ce ne sera plus la même piéce. Il en prend, dit-on, les beaux vers, & fait des Scénes neuves, à l'exception néanmoins de trois, qu'il conserve, celle de Sémiramis & d'Assur dans le second Acte, celle improprement appellée du Conseil dans le troisiéme acte, & la Scéne de la reconnoissance dans le quatriéme : & cela est possible sans que la conduite de la piéce en souffre. Toutes les Scénes n'ont aucun rapport nécessaire les unes aux autres. On prétend, qu'il supprimera en entier le cinquiéme acte. Il n'est pas possible de le rendre meilleur. Faut-il absolument cinq actes à un Poëme dramatique? Horace l'a dit. Mais qu'est-ce qu'Horace auprès de Voltaire? & de quelles régles aussi certaines cet Appollon de la France n'a-t-il pas secoüé le joug? est-ce pour les grands Hommes que les loix sont faites? alors ce sera ici la critique de Sémiramis la doüairiere, & non pas de la jeune. Il faut bien prendre les choses dans l'état où elles sont.

Le Grand-Prêtre apprend en même tems à Arsace les obligations, qu'il a à Phradate, & comment il a été préservé de l'effet du poison, qu'il avoit partagé avec Ninus. C'est là qu'il lui dit ces vers qui seroient si beaux, s'ils ne l'étoient pas trop, si l'horreur du récit, qu'il fait en cet endroit, n'eût pas dû naturellement en exclure la pompe de l'expression. Il lui dit;

Ces végétaux puissans, qu'en Perse on voit éclore,

Bienfaits, nés dans ses champs, de l'Astre qu'elle adore;
Par les soins de Phradate avec art préparés,
Firent sortir la mort de vos flancs déchirés.

ARSACE.

Ah vous rendez la mort à mes sens désolés....
        Oui, je reçu la vie,
Dans le sein des grandeurs, & de l'ignominie.

Ce vers n'est pas juste. Lors de la naissance de Ninias, Sémiramis n'étoit coupable d'aucun crime, qui rendit son sein, *le sein de l'ignominie*. Elle jouissoit au contraire de toute sa grandeur. Mais sera-t-il toujours question de justesse? quelle ennuieuse expression!

Arsace ne paroît pas encore suffisamment convaincu: & en effet on ne lui avoit pas donné trop de preuves. Le Grand-Prêtre lui remet la lettre de Ninus. Arsace en la prenant, dit;

Donnez, je n'aurai plus de doute qui me flate.

La lettre s'exprime ainsi:

Ninus mourant au fidelle Phradate.
Je meurs empoisonné. Prenez soin de mon fils.
Arrachez Ninias à des bras ennemis.
Ma criminelle épouse....

Ninus n'avoit pas eu le tems d'en écrire davantage; Phradate avoit fini cette lettre de sa main. Le Grand-Prêtre, en l'observant à Arsace, lui dit;
Lisez, il vous confirme un secret si funeste.

Arsace cependant marque toujours beaucoup de

répugnance pour ce facrifice. Mais ce même Prêtre, que l'on avoit fait fi honnête homme dans le premier acte, qui craignoit même d'habiter la Cour des
Rois; ce Prêtre, qui dans le fecond, & dans le troifiéme acte ne fçavoit qu'obéir aux Rois , & n'étoit pas
fait pour les juger ; ce Prêtre, en un mot, que notre
Critique nous préfente comme le digne modéle de
notre Clergé , au quatriéme acte commande à Arface impérieufement , & avec indécence le meurtre,
& le parricide. C'eut été à lui de l'en détourner.
C'eft lui, qui l'y contraint, en lui difant ;

Ne vous regardez plus comme un homme ordinaire:
Marqué du fceau des Dieux; & guidé par leurs mains,
Avancez dans la nuit , qui couvre vos deftins...
Les Dieux vous conduiront comme ils vous ont parlé.
Mortel , foible inftrument des Dieux de vos Ancêtres,
Vous n'avez pas le droit d'interroger vos Maîtres.
A la mort échappé, malheureux Ninias ,
Adorez, rendez grace, & ne murmurez pas.

Arface ne pourroit-il pas dire à ce Grand-Prêtre,
avec Abner dans Athalie.

Hé quoi, Mathan, d'un Prêtre eft-ce là le langage ?
Moi nourri dans la guerre aux horreurs du carnage.

Je frémis du parricide, que vous m'ordonnez
avec tant de tranquillité.

Sémiramis arrive. Les regards farouches d'Arface
l'effrayent. Elle dit :

..... Ah quels regards vos yeux lancent fur moi !...
Arface mon appui, mon fecours, mon époux.

A ce nom d'époux les agitations d'Arface accroif-
fent.

SEMIRAMIS.

Les traits du défefpoir font fur votre vifage....

Je ne fçai pas, dit-elle, pourquoi.

Ma bouche, en fremiffant, prononce, je vous aime.

Enfin elle jette les yeux fur ce billet fatal, qu'Arface tient à la main. Elle lui dit ;

Contient-il les raifons de tes refus odieux ?

ARSACE.

Oui,

SEMIRAMIS.

donne.

ARSACE.

Je ne puis.

SEMIRAMIS.

D'où le tiens-tu ;

ARSACE.

Des Dieux,

SEMIRAMIS.

Qui l'écrivit ?

ARSACE.

Mon Pere.....

SEMIRAMIS.

Arface, foyez tel, que je vous vis paroître,
Lorfque vous redoutiez d'avoir Affur pour Maître.
Donnez.

ARSACE.

A chaqué mot vous trouveriez la mort...

SEMIRAMIS.

Pour la derniere fois, Arsace, obéissez.

Elle arrache la lettre des mains d'Arsace, qui dit;

Hé bien! que ce billet soit donc le seul supplice,
Qu'à son crime, grand Dieu, réserve ta Justice.

La Reine évanouïe, trouve fort à propos le confident d'Arsace, qui sans son secours, qu'il devoit
à cette Princesse, eut été inutile dans cette Scéne.
Revenuë à elle, on l'entend dire.

Reconnois-moi, mon fils, frappe, & punis ta mere...
Punis cette coupable, & cette infortunée....
Sois le fils de Ninus en me donnant la mort.

Arsace lui répond au sujet des manes de Ninus.

...... Ils seront attendris,
Des remords d'une mere, & des larmes d'un fils.

Il ajoute, que si ces manes demandent du sang,
c'est, en parlant d'Assur,

Le détestable sang d'un lâche meurtrier.

Cette Scéne, quoique remplie de défauts, m'a fait
trop de plaisir, pour que j'ose la critiquer. On trouve beau, dit-on, tout ce que l'on aime. En fait
d'ouvrages d'esprit, ne doit-on pas trouver bon tout
ce qui plaît: Elle a sçu me tirer des larmes. On n'en
verse pas beaucoup dans cette piéce. Il les faut
respecter: & quand mon cœur est une fois touché, je
ne veux pas, que mon esprit le contredise.

ACTE V.

JE pourrois vous faire grace, M. du cinquiéme Acte, les suffrages se réunissent à cet égard. Il est défectueux dans toutes ses parties.

Sémiramis arrive. Son confident s'efforce de calmer ses inquiétudes. Elle répond;

La crainte suit le crime; & c'est son châtiment.

Le confident veut opposer à sa douleur le bonheur qu'elle a de retrouver un fils.

C'est un premier sujet, que vous rend la nature.

Cela paroît en effet tranquillifer la Reine. Elle s'occupe du mariage d'Azema avec Arface.

Les Dieux vont pour jamais rejoindre ma famille.
Ils me rendent un fils. Je me donne une fille.

Le Confident parle cependant du sacrifice, qu'ont ordonné de concert, l'Ombre de Ninus, & Jupiter Ammon.

On adore cet ordre. On ne peut le comprendre.

Azema vient apprendre à Sémiramis, qu'Assur a violé la sainteté du tombeau, qu'il y est entré par une porte de derriere, que l'on ne connoissoit pas, dans le dessein d'y assassiner Arface.

Sémiramis veut courir à la défence de fon fils.
Elle entre feule dans le tombeau. C'eſt fans doute
un puiſſant fecours, qu'elle lui porte.

Azema, qui étoit fortie, on ne ſçait pas trop pourquoi, rentre auſſi fans d'autre raiſon, que de ne pas
laiſſer le Théatre vuide. Elle s'entretient toujours
d'Arſace. Elle le croit infidéle : & cependant elle
l'aime. Rien ne l'en pourra détourner

Ni le renverſement de toute la nature,
Ne pourront de mon cœur arracher un parjure.

Arſace paroît. Azéma, après s'être plaint de lui,
le reconnoît, il feroit difficile de dire comment,
elle le reconnoît pour Ninias. Elle lui apprend, qu'Aſ-
fur eſt dans le tombeau. Arſace ne doute plus
alors, de ce qu'exige de lui l'Ombre. Il ſe reſout
à entrer auſſi dans le tombeau. Azema l'en veut détourner. Elle lui en repréſente tous les dangers.
Arſace compte fur la protection des Dieux,

A Z E M A.

Tout ce qu'ont fait les Dieux ne m'apprend, qu'à frémir.
Ils ont aimé Ninus. Ils l'ont laiſſé périr.

A R S A C E.

Ils le vangent enfin. Etouffez ce murmure.

Arſace entre en effet feul dans le tombeau, c'eſt-
à-dire avec un Mage, compagnie peu utile à ſa
défenſe.

Azema croit entendre dans le fouterrain la voix
d'Arſace.

N'entens-je pas sa voix parmi des cris funestes ?
C'est lui.......

.... Je l'entends. C'est lui-même.

Elle veut aller à son secours ; mais elle n'en a pas
le courage, ni les Dieux la puissance de le lui donner. Un coup de tonnerre s'y oppose.

Hélas ! je me consume en impuissans efforts :
Les Dieux, pour m'affermir, ne sont pas assez forts.

Le Poëte n'a-t-il point apprehendé de se brouil-
ler, de nouveau, avec le Gazetier Ecclésiastique ?

Arface rencontre par hazard Sémiramis dans le
tombeau avant Assur. Il n'y faisoit pas clair . Sémiramis crie. Arface ne la reconnoît pas. Il la tue.
Un coup de tonnerre annonce encore ce grand événement. Arface sort du tombeau.. Heureusement il
retrouve Azema sur le Théatre. Elle n'avoit pas trop
sçu cependant de quoi s'y occuper : mais sans cela, à qui eut parlé Arface ? il lui dit, qu'il a immo-
lé Assur aux manes de son pere, qu'il a entendu la
voix du Tyran, qui invoquoit ses Dieux. Comment
n'a-t-il pas reconnu que c'étoit celle de la Reine ?

J'ai deux fois dans son sein plongé ce fer vengeur...
Il invoquoit ses Dieux, à son heure derniere.
Il les redoute enfin....

Je ne sçai quelle horreur agite Arface. Il l'attri-
bue à la pitié.

.... La pitié dont la voix,
Alors qu'on est vengé, fait entendre ses Loix.

La nature n'auroit-elle donc pas due lui faire
sentir, que c'étoit sa mere, qu'il assassinoit ? Mais
Assur paroît dans l'instant. Quel effroi ne va-
t-il pas causer à Azema ? elle le croit mort. C'est
presque le Pere revenant dans la Comédie du
Deuil ; aussi en paroît-elle fort allarmée. Pour
Arsace il doit être au-dessus de toute crainte. Assur le veut tuer ; Arsace le désarme avec beaucoup de succès. C'est ce que notre Critique appelle
ingénieusement, *lui faire une passe-au-collet fort adroite.*

Le Grand-Prêtre vient suivi du Peuple. Il lui
présente Arsace comme étant Ninias son Roi. A ce
nom Assur toujours présent dit ;

. . . . Ton nom suffit à ma vengeance.

Arsace l'envoye noblement à l'échafaut, & sans
que personne le regrette ; car ce Tyran avoit eu
le secret pendant quinze années de puissance, & de
projets ambitieux, d'être toujours seul de son parti.
Il craignoit sans doute les traitres.

ARSACE.

Qu'il meure dans l'opprobre, & non de mon épée,
Et qu'on rende au trépas ma victime échappée.

ASSUR.

. . . . Je vais mourir. Tu le veux. Tu le dois,
Mais je te laisse encor plus malheureux que moi.

Sémiramis sort du tombeau mourante, & soutenue de ce mage, qu'Arsace, comme on le voit,
n'y avoit pas mené inutilement. Il

A S S U R.

. . . . . . Toi, son fils contemple ton ouvrage.

Et il fort.

A R S A C E.

Quelle victime, ô Ciel, a donc frappé ma rage ?

Semiramis croit, que c'est Assur, qui lui a porté
le coup mortel.

A R S A C E.

. . . . Cet assassin, ce monstre est votre fils:

Il se veut percer de la même épée dont il a tué
sa mere. Le Grand-Prêtre la lui arrache. Sémiramis
lui apprend ce qui l'avoit conduit dans ce tombeau.
C'étoit pour l'y défendre.

Hélas j'y descendois pour défendre tes jours.

Arsace désesperé s'en prend aux Dieux. Il leur re-
prochè son crime.

Ces Dieux, qui m'égaroient.

S E M I R A M I S.

. . . . . . Mon fils n'acheve pas.
Ton cœur n'a pas sur moi porté ta main cruelle,
Quand Ninus expira, j'étois plus criminelle. . . .
. . . . Il est donc des forfaits,
Que le courroux des Dieux ne pardonne jamais.

Enfin, après des discours peut-être trop longs pour
la situation où elle se trouve, elle expire, en par-
donnant à son fils, & en l'unissant avec Azema.

D

Et vous tendre Azema, que ma main vous uniſſe ;
Cet hymen eſt formé ſous un cruel auſpice.
J'ai ſans doute du Ciel épuiſé le courroux,
En ne m'imitant pas, ne craignez rien pour vous.

Elle meurt. Arſace & Azema ſe retirent. Le Grand-Prêtre fait les adieux au Parterre, & lui dit ces vers ajoutés très à propos.

Par ce terrible exemple, apprenez tous du moins.

Ce vers n'eſt-il pas noble ?

Que les crimes ſecrets ont les Dieux pour temoins.
Plus le coupable eſt grand, plus grand eſt le ſupplice.
Rois, tremblez ſur le Trône, & craignez leur juſtice.

Cette apoſtrophe ſi flatteuſe pour le Parterre eſt vive, & bien placée. N'y reconnoît-on pas ces vers d'A-thalie, où le Grand-Prêtre dit, non pas au parter-re, mais au jeune Joas, qu'il avoit tant de droit d'inſtruire.

Par cette fin terrible, & due à ſes forfaits
Apprenez, Roi des Juifs, & n'oubliez jamais,
Que les Rois dans le Ciel ont un Juge ſévere,
L'innocence un vengeur, & l'orphelin un pere.

Que ces vers ſont beaux ! l'Auteur de Sémiramis eſt bien heureux d'en avoir ſçu rapprocher ainſi le parallele. Auſſi dit-on qu'il en eſt fort content.

Cet acte réunit, avec art, les faits les moins vraiſem-blables, on le peut dire, les plus extravagans. Tous les perſonnages y paroiſſent fous. Aſſur s'enferme, comme un ſot, dans un ſouterrain où il peut être découvert, & maſſacré ſans reſſource. On le décou-vre en effet. On ne ſçait pas trop cependant com-ment. Mais tout le monde en eſt inſtruit : & la Reine ne prend aucunes mesures pour rendre la perte du Tyran certaine. Elle entre seule, à son tour, dans ce tombeau. Elle y va attendre Arsace, qu'elle ne pouvoit pas défendre, mais qu'elle auroit due avertir. Elle se compromet avec un sujet. L'aventure est certainement toute neuve. On reproche à Voltaire, dans cette piéce, d'en avoir pris presque toutes les Scénes, ou chez lui-même, ou chez d'autres. L'accusera-t-on d'avoir copié cette situation? Ce seroit certainement une calomnie.

Arsace instruit, qu'Assur l'a prévenu, entre aussi seul dans ce tombeau, que l'obscurité rendoit très dangereux pour lui. Pardonnons cependant cette vivacité à sa jeunesse, & à sa valeur. Mais Azema, prête jusqu'alors à tout sacrifier à son amour, ne suit point Arsace. Elle le laisse exposé au péril, en apparence, le plus certain, sans le vouloir partager. Ce n'est plus l'amour des premiers actes. On dit, pour justifier le Poëte, que cet amour étoit trop violent d'abord, & que dans la nature tout s'épuise. Ne falloit-il donc pas garder un peu de ce beau feu pour le dernier acte?

Arsace massacre sa mere. Elle lui parle. Elle crie. Elle invoque les Dieux. Il la traîne inhumainement. Il la prend pour le Tyran. Il le croit apparemment déguisé & de voix & d'habit. Rien ne pouvoit cependant justifier à son esprit un pareil déguisement.

Le Tyran lui-même entend ce bruit : & Azema l'entend de dessus le Théatre. Comment Assur dans le tombeau ne l'eut-il pas entendu? il voit l'action.

Enfermé d'abord, les objets le devoient frapper le premier. Il né tombe pas cependant fur Arface. Il rougiroit, fans doute, de profiter de fes avantages. C'eft fur la place publique, & au milieu de fes Gardes, qu'un poignard à la main, il cherche à le prendre par derriere. C'eft au grand jour, qu'il le veut affaf-finer. Pourquoi a-t-il donc couru les rifques de s'enfermer dans ce tombeau ? Les expreffions manquent pour rendre toutes ces fituations. Elles ont du moins, on ne peut s'empêcher de le répéter, elles ont le mérite de la nouveauté. Peut-être même ne ferviront-elles jamais de modéle. Quelques cauftiques prétendent, que c'eft aux Petites-Maifons, qu'il falloit établir le lieu de la Scéne.

Je n'entends pas, me dira-t-on, le fin de cette conduite. S'il n'y avoit pas une Ombre, ma critique feroit judicieufe. Mais l'Ombre de Ninus s'y trouve. C'eft elle qui fait entrer Sémiramis feule dans le tombeau. Cet événement avoit été prévu dès le troifiéme acte. C'eft l'Ombre qui conduit auffi Arface. C'eft elle qui arrête Azema. Un coup de tonnerre le prouve. L'Ombre mene Arface droit à Sémiramis pour l'affaffiner. Elle l'empêche de reconnoître fes habits, & fa voix. Elle arrête le Tyran. L'Ombre redonne enfuite des forces à Sémiramis. Elle lui fait trouver un Mage, pour la conduire fur le théatre, où elle a beaucoup de chofes à dire ; & fans ce Mage que feroit-elle devenue ? On pleure cependant à cette Scéne, toute ridicule qu'elle eft. C'eft que la mort eft touchante, dans quelque pofition qu'on la mette. C'eft que la merveilleufe Actrice, qui remplit ce rôle avec tant de succès, ne sçauroit s'attendrir, sans attendrir les autres. Mais ce n'est pas pour Sémiramis que l'on pleure. Le Poëte a trouvé le secret de la mettre hors de tout intérêt.

On a donc eu raison de le dire. Un Songe, un Oracle, une Ombre, le Tonnerre, des Éclairs forment seuls cette étonnante Tragédie. Toutes les Scénes y font des Scénes à tiroir, ifolées les unes des autres. Il n'y en a pas quatre, que l'on ne pût ôter, & les remplacer de Scénes nouvelles, fans que la piéce en fouffrit. Elles ne tiennent à rien. l'Ombre feule les lie. Elle en fait la conduite, l'intérêt, & le dénoüement. Quel courage n'a-t-il pas fallu pour mettre avec confiance ces fituations fur notre Théatre ? & n'en doit-on pas tenir compte au Poëte, qui a ofé effayer ainfi de fervir nos plaifirs, aux dépens même de fa réputation ?

Jufqu'aux confidens, tout eft finguliérement placé. Ils font admis aux plus importans fecrets, fans que l'on fçache trop pourquoi. Les décorations même, qui étoient deftinées à être fuperbes, font manquées. J'ai entendu dire à un homme de condition, auffi amateur des Arts, que décidé pour la littérature, & grand connoiffeur en fait de deffein, que c'étoit précifément une alcove entre deux garderobes. On y pourroit ajouter, d'un côté un hermitage, avec *l'obfcur & folitaire* Grand-Prêtre, de l'autre un cimetiere, d'où fortiroit, au bruit du tonnerre, l'ombre effrayante ; & ce feroit la décoration complette, fur tout fi l'on n'oublioit pas une curiofité. Les Décorateurs prétendent, à la vérité, que ce n'eft pas leur faute. Il y avoit, disent-ils, de quoi faire trois décorations. Il leur a fallu suivre le dessein de l'Auteur. Il est impérieux en tout ; & l'on n'a pas donné, en ce point, assez de plaisir aux Spectateurs, pour, sur les ordres du Poëte, leur en avoir voulu trop donner.

S'il y avoit sur le Parnasse une Chambre de Police bien disciplinée, qui s'occupât à y maintenir le bon ordre, & à y faire observer les régles, si bien établies par les anciens, & suivies avec tant de soin par les modernes, qui ont réussi, ne supprimeroit-elle pas cette Ombre, ce tonnerre, ces éclairs; en un mot tous ces prestiges, ennemis trop marqués de la vraisemblance, & par conséquent de l'intérêt. Il est vrai, qu'alors il n'y auroit plus de *nouvelle Sémiramis*. Elle a réussi cependant. Quelle preuve de talens supérieurs ! Quelle gloire pour un Auteur aussi hardi, qu'heureux ! Après ce succès il peut tout entreprendre. Nos applaudissemens ne lui manqueront jamais. N'est-ce pas une grande ressource pour nos amusemens ? Son imagination est prodigieusement féconde. Quoiqu'il hazarde, il sçaura toujours nous plaire.

Aussi ne voit-on pas que nôtre Critique ait été touché de ces défauts. En récompense il prétend assez singuliérement, que les reconnoissances *font un ressort tant de fois mis en épreuve par tous nos tragiques, & par M. de Voltaire lui-même, qu'on ne doit pas s'étonner, qu'il soit aujourd'hui un peu usé.* Pourquoi ont-elles donc si bien réussi selon lui-même, dans Œdipe, dans Zaïre, & dans Mœrope ? Il auroit pû ajouter dans Rhadamiste, & dans Electre. Cela n'implique-t-il pas contradiction ? Les reconnoissances ne seroient-elles précisément usées que de nos jours ? & ces grandes ressources du théatre se trouveroient-elles malheureusement perdües pour nos neveux ?

Ne seroit-il pas plus vrai de dire, que notre Critique manque de gout, & de connoissance du théatre ? Et où eut-il pris ces connoissances ? Il s'est toujours occupé, par nécessité, d'études peut être plus utiles, mais qui leur sont certainement fort étrangeres. Ce défaut de gout fait même honneur à l'application, qu'il a donnée à d'autres objets plus importans pour lui. Le seul reproche raisonnable, qu'il ne sçauroit éviter, c'est d'avoir voulu juger des piéces de théatre, c'est d'avoir osé s'essayer sur la critique de Voltaire.

Le Grand-Prêtre ne lui paroît pas méprisable. Il veut bien cependant avoüer la différence, qui se trouve entre cet Osroës & le Joad d'Athalie. Ce Critique blâme trop, si je ne me trompe, le style de la piéce. *Il en désapprouve le Dialogue. Il n'y trouve point l'analogie des idées. Le style lui paroît presque partout boursouflé & gigantesque.* Par où cette piéce a-t-elle donc réussi ? & à quelle cause a-t-elle pu devoir ses succès ? Mais ce qui paroît un talent décidé dans notre Critique, ce qu'il sçait parfaitement, c'est dire du mal de tout le monde. Il n'est pas même nécessaire, que cela soit lié à son sujet.

Il finit comme il a commencé. Il déchire impiroyablement des Autheurs, dont les premieres tentatives annonceoient affez de talens, pour demander des égards, fur-tout de la part d'un homme tel que ce Critique. Il ne ménage pas davantage le Public. *Ce même Public,* dit-il à la page 30, *dont vous me demandez le fentiment, eft-il fi certain de fon premier jugement, qu'on en puiffe faire la régle invariable du fien ? Le fuccès prodigieux, & fi peu mérité de Denis le Tyran doit nous tenir en garde contre fes décifions. L'Auteur de Coriolan en fait, dit-on, le fujet d'un livre intitulé :* Confolations Philofophiques. *Je fouhaite, que le fuccès de cet ouvrage le dédommage un peu du malheur, qui lui aura donné naiffance.* Quelle fureur de dire du mal ! Ne feroit-ce pas là *cet enragé* de Tacite ?

Ce Critique fe trouve heureufement dans l'âge, où l'on fe peut encore façonner. Qu'il fçache donc, que pour devenir utile à la Société, il eft plus néceffaire de perfectionner les fentimens du cœur, que de cultiver les talens de l'efprit. Qu'il apprenne, que l'honnête homme fe croit vraiement malheureux, quand il ne trouve que du mal à dire, & que fa plus grande fatisfaction eft de dire du bien de quelqu'un.

Mais pendant que je m'occupe, Monfieur, à vous parler nouveauté, il ne m'en coutera pas davantage de vous dire un mot d'un livre extrêmement rare ici. C'eft le *Voltariana, ou Eloges ambigouriques de François-Marie Arrouet fieur de Voltaire.* Il eft imprimé en Hollande fur de magnifique papier, & en très beaux caracteres. Il s'y trou-

ve cependant plufieurs fautes d'impreffion ; & quelques unes même font importantes.

Les cris aigus, qu'a pouffé Voltaire contre ce
livre, dès le premier inftant de fa naiffance, les foins,
que fon crédit a engagé la Police de prendre, pour
empêcher, qu'il en paffât aifément des exemplaires
dans ce Royaume, l'ont, fi je ne me trompe, beaucoup accrédité ; & je penfe, qu'il ne doit fa fortune, & fon prix, qu'à fa rareté, & à la mauvaife
humeur publique de Voltaire contre cet ouvrage.

C'eft une nouvelle collection de piéces, dont
beaucoup, à la vérité, font excellentes, mais dont
plufieurs auffi font médiocres, & quelques unes même mauvaifes, d'ailleurs prefque toutes trop con-
nuës : & l'on ne s'eft pas donné la peine de les re-
vêtir des moindres graces de la nouveauté. On
auroit peut-être pû leur donner quelque ordre, en
faire une efpéce de fuite raifonnée, les lier du moins
les unes avec les autres par des tranfitions ; en un
mot y mettre quelque chofe du génie, & de l'invention de l'Editeur ; ce que l'on n'a pas fait.

Il eft vrai, que l'on y trouve heureufement raf-
femblées les injures les plus groffieres, qui ayent
été dites à Voltaire, fans en excepter aucunes ; &
à qui en a-t-on jamais plus dit qu'à ce Poëte ? Mais
c'eft en cela même que cette collection pourra dé-
plaire à plufieurs perfonnes raifonnables. Ce que l'on
a peut-être pardonné à la vivacité de quelques Autheurs, dans leur premier moment de paffion, & de
fureur contre Voltaire, dont ils pouvoient avoir à

se plaindre, ne paroîtra pas supportable dans un tranquille Editeur, moins piqué sans doute contre Voltaire, qu'avide de gagner de l'argent à ses dépens. De
ces injures, plusieurs, il le faut avouer, sont pleines
de sel & de génie, d'autres aussi, on est obligé d'en
convenir, ne sont précisément que des injures,
dites sans esprit, sans goût, & toutes ont été tant
de fois répétées, qu'on devroit se lasser aujour-
d'hui de les redire, & qu'il se pourroit fort aisément
qu'on se lassât de les entendre ; car on veut de la
variété en tout. Il ne faut pas se le dissimuler. Quelque goût que l'on ait pour la médisance, on s'en
lasse enfin comme de toute autre chose ; & il est
difficile de plaire long-tems, quand on ne sçait que
dire toujours du mal de la même personne.

Vous sçavez, M. que Voltaire a fait trois Temples, celui du Goût en vers & en prose, celui de
l'Amitié petit poëme, & celui de la Gloire Opéra-
ballet. Vous sçavez aussi, que ces trois Temples, n'ont
pas été heureux ; c'est ce qui fait le sujet d'une vig-
nete, que l'on a mise au titre de ce livre. On y
voit une forme de Temple bâti en dôme, que la
foudre frappe, & d'où il sort une prodigieuse fumée,
avec ces mots latins au dessus, *Ex fulgore fumus*, &
ces quatre vers pour explication de l'emblême.

Un Architecte aérien,
Pour illustrer sa renommée,
Fit des temples. En moins de rien,
On les vit aller en fumée.

A la tête d'une Epitre dédicatoire, qui suit, &

qui est adreffée à ce Poëte, on défigure fa naiffance.
On le dit fils du Sieur Arrouet *Greffier*, *Porte-clef du*
Parlement, *petit-fils d'un prud'homme de fon Village*,
vieille injure réchauffée d'après le *Bon* Abbé Des-
fontaines, comme fi tout Paris ne fçavoit pas, que
le fieur Arrouet pere étoit un excellent Notaire,
auffi eftimé par fa probité, que par fes lumieres, &
qu'après avoir fait une fortune affez confiderable,
pour ces tems, dans cette charge honorable par elle-
même, & où les talens & la probité rendent un
homme extrémement utile au Public, il avoit cherché du repos dans les fonctions très décentes *de*
Payeur des épices, & *Receveur des amendes de la Cham-*
bre des Comptes, comme fi d'ailleurs il s'agiffoit de
Généalogie fur le Parnaffe. C'eft Appollon feul, qui
y donne les titres de nobleffe. A la place des ayeux,
ce font uniquement les bons ouvrages, que l'on y
compte. Vous fentez donc, M. que tout ceci n'eft
que pure méchanceté.

On lit enfuite la fi terrible *Voltairomanie*, la trop
plaifante *déification du Docteur Ariftarchus-Maffo* par M.
de Saint-Hyacinthe, plufieurs lettres de ce judicieux
journalifte, toutes les lettres & les vers de Rouffeau
contre Voltaire, le fameux mémoire de Jore, celui des Libraires d'Amfterdam, qui ont imprimé la
Philofophie de Newton de Voltaire, quelques bre-
vets de Calotte, toutes les anagrammes, les cou-
plets, les vaudevilles, les épigrammes faites contre
Voltaire. Rien n'a été oublié. On y a même mis plufieurs de fes piéces, & jufqu'à fon difcours pour l'Aca-

démie Françoise, assez plaisament précédé de la Satire du Bourbier, &, peut-être mal à propos pour lui, suivi des sages réflexions de feu M. Merault, ce Critique si respectable.

Vous vous doutez bien, que le célèbre Poëme de la bataille de Fontenoi tient, dans cet ouvrage, un rang honorable. Son Ode de 1742. à la Reine de Hongrie y est aussi mise en vers. On la trouve ensuite en prose. Après on l'analise : & de quelque façon que l'on s'y prenne, il ne paroît pas, que l'on réussisse à en faire quelque chose de bon.

La Lettre au Pere de la Tour y vient prendre sa place avec avantage. Elle est accompagnée de la réponse de ce Pere. On eut eu quelque reproche à se faire, si l'on n'y eut pas mis la Lettre du Pape : mais on pousse la malignité jusqu'à vouloir en démontrer la fausseté par le stile même, dit-on, & par la contradiction, où elle se trouve, dans les faits, avec ce que Voltaire écrit au Pere de la Tour.

On n'a eu garde d'oublier la si ridicule aventure du procès criminel des Travenol & de Voltaire. Aussi n'y a-t-on fait grace d'aucun des mémoires, dont on a amusé Paris dans cette affaire.

Enfin ce recueil, qui comme vous le voyez, M. est considérable, se trouve terminé par la critique de la Henriade en plusieurs Lettres. Cette Critique, que vous connoissez, où l'on rapproche la Henriade du Lutrin, pour discuter ces deux Poëmes, comparaison, que l'on auroit cru d'abord devoir être fort glorieuse à Voltaire. Car, comme le dit le Critique même, d'un côté Henri le Grand, de l'autre un Chanoine. Un Trône à conquérir d'une part, un lutrin à reclouer sur un banc de l'autre. Dans un Poëme, Mayenne, Daumale, la belle d'Estrées; dans l'autre Boisrude, Brontin, la Perruquierre. Quelle différence d'Acteurs, & d'intérêts; & si l'on joint à cela l'opinion, où quelques uns sont encore, que Despréaux n'étoit pas un grand Poëte, & que Voltaire est le premier Poëte de nos jours, quelle inégalité ne doit pas présenter ce parallele! Cependant, vous le sçavez, M. dans cette discussion critique tout l'avantage reste à Despreaux; & par une bizarrerie trop singuliére, au milieu de toutes ces circonstances, il est constament décidé que la Henriade le céde au Lutrin.

Je vois avec peine, que ce recueil, où, comme vous en pouvez juger, M. on trouve plusieurs morceaux excellens, s'est chargé, en finissant, de deux misérables histoires d'un carosse, & d'une chaise à porteurs, anecdotes aussi basses, & aussi méprisables, que fausses.

Je finirai cet extrait par où commence la nouvelle collection. Il faut bien vous faire part, M. de quelqu'une des piéces, qui la composent. C'est celle qui me paroît la moins connue. Elle n'est pas cependant la plus nouvelle. Il y a plusieurs années que je l'ai vûe. Mais je ne crois pas, qu'elle ait été fort répanduë. C'est *le portrait de M. de V* . . . . en prose. Quelques-uns des traits vous en paroîtront un peu chargés. Ce sont de ces Portraits en grand,

qui ne demandent pas à être vû de si près , & qui
doivent par conséquent être plus fortement touchés ,
pour faire leur effet dans la perspective. Le voici. Je souhaite , M. que vous ne le connoissiez pas.
La nouveauté , à mon avis , a presque toujours
un mérite certain.

PORTRAIT DE M. DE V.....

*Onsieur de V***. est au-dessous de la taille des
grands Hommes : c'est-à-dire, un peu au-dessus de
la médiocre. (je parle à un naturaliste, ainsi point de chi-
canne sur l'observation.) Il est maigre, d'un tempérament
sec. Il a la bile brûlée, le visage décharné, l'air spiri-
tuel, & caustique, les yeux étincelans, & malins. Tout
le feu, que vous trouvez dans ses ouvrages, il l'a dans son
action. Vif jusqu'à l'étourderie ; c'est un ardent qui va, &
vient, qui vous éblouit, & qui pétille. Un homme ainsi
constitué, ne peut pas manquer d'être valétudinaire. La
lame use le fourreau. Gai par complexion, sérieux par ré-
gime ; ouvert sans franchise, politique sans finesse, socia-
ble sans amis, il sçait le monde, & l'oublie. Le matin,
Aristipe, & Diogêne le soir. Il aime la grandeur, &
méprise les Grands, est aisé avec eux, contraint avec ses
égaux. Il commence par la politesse, continue par la froi-
deur, finit par le dégoût. Il aime la Cour, & s'ennuye.
Sensible sans attachement, voluptueux sans passion, il ne
tient à rien par choix, & tient à tout par inconstance. Rai-

sonnant sans principes, sa raison a ses accès comme la folie des autres. L'esprit droit, le cœur injuste, il pense tout, & se moque de tout. Libertin sans tempérament, il sçait aussi moraliser sans mœurs. Vain à l'excès, mais encore plus intéressé, il travaille moins pour la Réputation, que pour l'argent. Il en a faim & soif. Enfin il se presse de travailler pour se presser de vivre. Il étoit fait pour jouir. Il veut amasser. Voilà l'homme. Voici l'Auteur.

Né Poëte, les vers lui coutent trop peu. Cette facilité lui nuit. Il en abuse, & ne donne presque rien d'achevé. Ecrivain facile, ingénieux, élégant, après la Poësie, son métier seroit l'Histoire, s'il faisoit moins de raisonnemens, & jamais de paralléles, quoiqu'il en fasse quelquefois d'assez heureux.

M. de V***. dans son dernier ouvrage, a voulu suivre la manière de Bayle. Il tâche de le copier en le censurant. On a dit, depuis long-tems, que pour faire un écrivain sans passion, & sans préjugés, il faudroit, qu'il n'eût ni Religion, ni Patrie. Sur ce pied là, M. de V***. marche à grands pas vers la perfection. On ne peut d'abord l'accuser d'être partisan de sa Nation. On lui trouve, au contraire, un tic approchant de la manie des vieillards. Les bonnes gens vantent toujours le passé & sont mécontens du présent. M. de V***. est toujours mécontent de son Pays, & loüe avec excès ce qui est à mille lieues de lui. Pour la Religion, on voit bien, qu'il est indécis à cet égard. Sans doute il seroit l'homme impartial, que l'on cherche, sans un petit levain d'Anti-Jansénisme un peu marqué dans ses Ouvrages.

M. de V***. a beaucoup de littérature étrangère

françoise, & de cette érudition mêlée, qui est si fort à la mode aujourd'hui. Politique, Phisicien, Géométre, il est tout ce qu'il veut, mais toujours superficiel, & incapable d'approfondir. Il faut pourtant avoir l'esprit bien délié pour effleurer, comme lui, toutes les matiéres. Il a le goût plus délicat que sûr. Satirique ingénieux, mauvais critique, il aime les Sciences abstraites : & l'on ne s'en étonne point. L'imagination est son élément ; mais il n'a point d'invention, & l'on s'en étonne. On lui reproche de n'être jamais dans un milieu raisonnable. Tantôt Philantrope & tantôt Satirique outré. Pour tout dire en un mot, M. de V*** veut être un homme extraordinaire, & il l'est à coup sûr.

Non vultus, non color unus.

Ne finirai-je donc jamais de vous entretenir ? Comme je vous allois quitter, M. on me remet des vers, qui courent sous le nom de Voltaire, au sujet de la Statue, que la reconnoissante générosité des Génois consacre à la gloire, & aux services de M. le Maréchal de Richelieu. Je n'ose prononcer sur cette derniere production de Voltaire. Je sçai qu'il n'est pas heureux en fait d'éloge : & je ne m'en rappelle gueres de sa façon, qu'il ne soit de son honneur de désavoüer ; mais aussi celui-ci est-il trop foible à tous égards. Les pensées n'en sont pas justes, quelques unes même me paroissent indécentes ; & je n'y trouve point la versification de Voltaire. Il loüe M. le Maréchal de Richelieu sur ses graces, sur son esprit, sur son courage ; & un Poëte a beau jeu

avec

avec une matiére si abondante. Falloit-il, pour rem-
plir un sujet aussi heureux par lui-même, rabaisser
le grand Cardinal, ce Ministre, qui a été l'honneur
de son siécle, la terreur de l'Europe, & à qui la
France doit sa grandeur. Comment ce Poëte a-t-il pû
rêver que le Neveu ne se trouveroit véritablement
grand, qu'aux dépens de son Oncle? Cela me rappelle l'Epître sur la victoire de Lawffelt, où pour
loüer plus finement Louis XV. du moins à ce que
Voltaire a cru, il dégrade totalement l'histoire, en
disant:

Et laissez moi tout entier à l'histoire.
C'est-là, qu'on peut sans génie & sans art,
Suivre LOUIS de l'Escaut jusqu'au Jart.

Comme si l'on étoit obligé de rabaisser les beaux
arts, pour loüer un Monarque aussi grand, que le
notre.

Il est donc vrai, ainsi qu'on le lui a souvent re-
proché, que ce Poëte est toujours mal-adroit en fait
de complimens. Il est également vrai, que de tout
tems il a eu la fureur d'en faire.

Je n'ai point oublié ces vers de l'Epître dédicatoire
de son Newton mis à la portée de tout le monde,
où il dit:

Belle Emilie, acceptés de ma main,
Ce dernier fruit de ma littérature.
Ce jeune enfant conçu dans votre sein,
De nos amours est la vive peinture.
Je vous dois tout, aimable Créature,

E

Mieux que Newton, vous faites ma splendeur ;
Vous dont l'esprit, la beauté, la droiture,
La modestie, & la chaste pudeur,
M'ont au défaut de sens & de lecture,
Communiqué leur attractive odeur ;
Et qui m'aiant dévoilé la nature,
M'en avez fait sonder la profondeur.

Vous allez juger, M. si les derniers vers, que je vous envoie effacent ces premiers.

A Lunéville ce 18 Octobre. 1748.

Je la verrai cette Statuë,
Que Génes éleve si justement
Au Héros, qui l'a défenduë.
Votre grand Oncle moins brillant,
Vit sa gloire moins étenduë,
Il seroit jaloux à la vûe,
De cet unique monument.

Voltaire n'a donc jamais fait attention aux ins-
criptions gravées au piédestal de la Statue éques-
tre du Roi Louis XIII, à la Place Royale, & singuliérement au Sonnet, que l'on lit sur la face, qui
est à main droite, où le Poëte fait dire à ce Roi,
en termes si flatteurs pour son Premier Ministre,

Armand, le grand Armand, l'ame de mes exploits,
Porta de toutes parts mes Armes & mes Loix,
Et donna tout l'éclat aux rayons de ma gloire.
Enfin il m'éleva ce pompeux monument
Où pour rendre à son nom, mémoire pour mémoire
Je veux, qu'avec le mien il vive incessamment.

Paris ne vaut-il pas Génes ? l'Eloge fait par Louis XIII. ne peut-il pas aller de pair avec celui des Génois ? Le monument que cette République va élever à sa reconnoissance, effacera-t-il celui où la France verra toujours avec plaisir, dans la Capitale de ce Royaume, confondus si glorieusement pour le sujet, les noms, d'un des plus justes de ses Rois, & d'un des plus fameux de ses Ministres ? La Statuë de Génes n'est donc pas le seul monument, qui doive immortaliser le nom de Richelieu. Il n'est pas même indifférent, pour la gloire de ce Cardinal, d'observer, que ce Sonnet, qui est de Jean Desmarets de Saint-Sorlin de l'Académie Françoise, ne fut gravé sur cette face du piedestal, que long-tems après la mort de ce Ministre. Circonstance encore plus flateuse pour lui. *Sa gloire* n'est donc pas *moins étenduë*. Le Cardinal ne doit donc pas être jaloux du Maréchal. Ces vers ne sont donc ni pensés, ni réfléchis. Ils reprennent ainsi :

Dans l'âge frivole & charmant,
Où le plaisir seul est d'usage,
Où vous reçutes en partage,
L'art de tromper si tendrement,
Pour modeler ce beau visage,
Qui de Venus paroît la Cour,
On eut pris celui de l'Amour,
Et sur tout de l'Amour volage :
Et quelques traits moins enfantins,
Auroient été la vive image,
Du Dieu, qui préside aux Jardins.

Ce double & charmant avantage
Peut diminuer à la fin :
Mais la gloire augmente avec l'âge.
Du Sculpteur la modeste main,
Vous fera l'air moins libertin.
C'est de quoi mon Héros enrage.
On ne peut filer tous ses jours,
Sur le Thrône heureux des amours:
Tous les plaisirs font de passage :
Mais vous sçaurez régner toujours,
Par l'esprit, & par le courage.
Les traits du Richelieu coquet,
De cette aimable créature,
Se trouveront en mignature,
Dans mille boëtes à Portrait,
Où Macé mit votre figure :
Mais ceux du Richelieu Vainqueur,
Du Héros soutien de nos armes,
Ceux du Pere, du Deffenseur,
D'une République en allarmes,
Ceux de Richelieu son vengeur,
Ont pour moi cent fois plus de charmes.
Pardon, je sens tout le travers,
De la morale où je m'engage.
Pardon, vous n'êtes pas si sage,
Que je le prétends dans ces vers.
Je ne veux pas, que l'Univers
Vous croie un grave personnage.
Après ce jour de Fontenoy,
Où couvert de sang & de poudre,
On vous vit ramener la foudre,
Et la victoire à votre Roi,
Lorsque prodiguant votre vie,
Vous eûtes fait pâlir d'effroi
Les Anglois, l'Autriche, & l'envie,

Vous revintes vîte à Paris,
Mêler les mirthes de Cipris,
A tant de palmes immortelles.
Pour vous seul, à ce que je vois ;
Le tems & l'Amour n'ont point d'aîles :
Et vous servez encor les belles ,
Comme la France, & les Génois.

Est-il décidé, que nous ne verrons plus rien de bon de cet illustre Poëte ? Que la nature est donc foible ! Il semble, qu'elle ne se surpasse en efforts, que pour cesser plus promptement de pouvoir quelque chose. Les talens inférieurs se soutiennent mieux . . .

Mais je reçois encore dans l'instant, M. un *conte indien , ou critique de Catilina.* L'Auteur de *la premiere Lettre critique sur Sémiramis* , ce M. Desforges s'y décéle aisément à sa pesanteur, & à sa méchanceté. Ce n'est pas d'abord la Critique, que je lui reproche. Boileau l'a dit.

Un Clerc pour quinze sols, sans craindre le holà,
Peut aller au parterre attaquer Atila.

C'est la façon de critiquer. Ce n'est pas de dire du mal de Catilina, de n'en pas sentir la justesse des pensées, la beauté des vers, la force des sentimens, la raison de la conduite. L'Indien n'entre dans aucun détail à cet égard. Il ne prouve rien. A quoi pense donc,

Ce trop nouveau sevré sur le mont des neufs sœurs,

De vouloir prendre les plus fortes nourritures ?
Il auroit dû consulter, sur cela, ce Médecin Portu-

gais, qu'il introduit dans son conte, sans que l'on devine ni comment, ni pourquoi. Si ce Médecin a le jugement aussi sûr, & aussi *fin que le tact*, qui lui est attribué par nôtre conteur, *il lui auroit conseillé d'être en garde contre les mauvaises digestions, attendu la foiblesse de son estomac, & de ne prendre que des nourritures extrêmement legéres, s'il vouloit qu'elles lui profitassent. Il l'auroit avertis, qu'il courroit risque de devenir étique, à moins qu'il ne travaillât à se former d'abord une bonne constitution.* Ou pour cesser de parler allégoriquement, les Sçavans du Mogol, qu'il rassemble, au même endroit de son conte, dans une des Salles du Palais, & qu'il occupe, sans qu'il soit possible de sentir quel rapport cela peut avoir à l'objet de son allégorie, qu'il est cependant des régles de ne jamais perdre de vûe, *qu'il occupe, à découvrir la cause d'une maladie épidémique répandue sur les bêtes à cornes,* ces Sçavans auroient dû lui dire, que sans expérience, sans science acquise, sans aucune preuve faite, peut-être même sans talens, il ne lui convient pas de porter sa décision téméraire sur les plus grands Maîtres, d'oser passer tour à tour de la critique de Voltaire à celle de Crébillon. Ce ne sont pas là des coups d'essai. On n'en pardonnera pas seulement la présomptueuse tentative. Aussi ne critique-t-il pas l'ouvrage. Il se contente d'attaquer l'Auteur. Il se livre bassement à de vils propos trop usés. Il lui refuse tout mérite, même tout ouvrage. On ne sçait pas trop ce qu'il pense de Catilina. Peut-être ne s'est-il pas encore décidé lui-même.

L'unique fait, qu'il se flatte d'établir par son conte, c'est que Crébillon n'est pas l'Auteur de Catilina, ni d'aucune des Tragédies connues sous son nom. Voilà l'unique objet de son conte. Mais cette opinion elle-même n'est-elle pas un conte bien extravagant ? ne faut-il pas en effet être Indien, pour la pouvoir adopter ? car comment répondre à ce dilemme si frapant ? Où le pretendu Auteur inconnu d'Atrée & Thieste, d'Electre, de Rhadamiste & Zenobie, de Pirrhus étoit un homme ordinaire, doué de vertus, si l'on veut, mais sensible, comme tous les autres, à une juste vanité, & dans ce cas, de quelqu'état qu'il eut été, son amour propre se seroit certainement trahi. Les succès de ces pièces ont été trop grands. Personne n'eut résisté à la tentation de s'en faire honneur. Je puis même aller plus loin, sans craindre d'être désavoué par les connoisseurs. Avec de pareils talens, si décidés, si brillans, il n'auroit point eu ceux de l'état, qu'on lui suppose, il ne l'auroit jamais embrassé. Il eut voulu dans tous les tems être Poëte ; & jamais il n'eut pris la résolution d'être solitaire. La Nature ne se trompe pas ainsi sur ses penchans. Elle céde même malgré elle à ses talens, quand ils se trouvent si fortement marqués. Où cet Auteur inconnu étoit un saint, inaccessible à tous mouvemens d'Amour propre, totalement supérieur à tous sentimens humains : car il le faut supposer dans ce point de la plus haute perfection, pour lui faire garder si modestement l'incognito : & alors il n'eut

E iiij

pas fait ces Tragédies. L'attachement, qu'il auroit eû, en ce cas, pour des devoirs plus auftéres ne lui eut pas permis de pareilles occupations. En un mot, s'il eut eu la force de garder un fi rare filence, il eut eu celle de ne pas faire ces piéces ; & s'il n'eut pas eu la force de réfifter à des talens certainement contraires à fon état, il n'eut point eu celle de ne pas céder au défir naturel de s'en faire horneur. D'ailleurs n'avons-nous pas vû cet A eurs, que fa façon de penfer & de fe conduire auroit dû mettre, ce me femble, à l'abri d'une fi honteufe jaloufie, ne l'avons-nous pas vû fous nos yeux, ne le voyons-nous pas encore aujourd'hui, au milieu de nous faire des vers, & d'excellens vers : eft-il permis à quelqu'un de douter férieufement, que Crébillon foit Poëte ? & fi l'on eft une fois obligé de le reconnoître pour Poëte, par quel caprice s'avifera-t-on de lui contefter des Tragédies, qu'il nous préfente comme fon ouvrage, & que perfonne depuis trente ans n'a ofé revendiquer ? Je puis dire, que cela eft miférable. Que ce Critique moderne fe contente donc de placer à fon gré les différens théatres, fans raifon, ni fans juftefle ; que les liaifons, qu'on lui fçait avec l'un, le lui fafle *deftiner aux gens de qualité* : qu'il abandonne l'autre au peuple, fans trop fçavoir pourquoi ; qu'il honore uniquement Melpomene, en tant qu'elle eft la mufe du chant : qu'il prodigue tous fes refpeds à Terpficore : qu'il méprife Thalie : qu'il ne traite pas mieux Melpomene, quand elle chaufle le Cothurne : On ofe dire, que cela ne décidera rien entr'elles, pour les rangs. Ces Muses même ne lui en sçauront ni bon ni mauvais gré. Sa décision leur est trop indifférente. Qu'il apprenne seulement, pour ses propres intérêts, à joindre le respect au discernement. Il étoit chez les anciens des Divinités, qu'une suprême vénération empêchoit que l'on regardât. on ne l'eut pas fait impunément.... Mais ce même respect ne me permet pas d'en dire davantage, sur cela, à ce Critique si neuf à tous égards. Qu'il étudie cependant encore beaucoup, avant que d'oser parler un peu : & qu'il tâche de se rendre certain de son mérite, avant que de se hazarder à décider de celui des autres.

A la suite de ce conte je trouve M. une nouvelle piéce de Voltaire. C'est une Lettre en vers à M. le Président Hénault. Elle est dattée de Luneville du 16 Décembre 1748. à huit ou dix vers près cette piéce me reconcilieroit avec cette Muse. Dès qu'elle reprend la vigueur de sa jeunesse, qu'elle cause de plaisir ! j'ose dire, que cette derniere piéce est marquée au coin de ses plus heureux Ouvrages en ce genre.

Je suis fâché cependant qu'elle débute par les soupés du sçavant & aimable Magistrat à qui elle est adressée. Je les crois charmans : & à titre d'homme, qui ne sçauroit dissimuler son goût pour le plaisir, je me trouverois disposé à leur donner aisément la préférence sur d'autres talens : mais je sens, que le Héros de cette lettre est si supérieur à d'autres égards, que quand ce ne seroit que par justesse, j'aurois voulu mettre d'abord la chronologie, ensuite seroient venus les vers frappés au bon coin : & l'on m'eut paru alors avoir grande raison de ne pas oublier les soupés. L'ordre dans les choses est d'une grande importance ; & il faut sçavoir donner à chaque different genre de mérite la place, qui lui est due. Ce qui me choque aussi dans cette Lettre, c'est une modestie trop affectée de la part de Voltaire. C'est de le voir *se placer plus bas* que les autres, c'est de l'entendre, en cédant à d'autres la comparaison *du Chêne l'honneur du boccage*, qui *s'éleve au dessus des Ormeaux*, ne prendre pour lui, que celle *du brin d'herbe ou de fougére, qui s'éleve un peu sur l'horison*. Il ne nous a pas accoutumé à ce ton. Ne seroit-ce point, par hazard, un peu d'orgueil déguisé ?

Mais je ne lui pardonne pas, d'oser dire dans la même lettre, sans avoir daigné y mettre le moindre correctif, qu'un Grand Roi, dont il parle, est *sans Courtisans*. Fut-il jamais Prince mieux fait pour en avoir ? avec le goût, la bonté, la générosité qui le caracterisent peut-on l'aborder sans chercher à augmenter sa Cour ? Et est-il permis de le connoître sans faire tous ses efforts pour l'aborder ? nous en convenons tous, vous le sçavez, Monsieur. On ne porta jamais à un plus haut degré le talent aussi heureux, que rare de se faire respecter, sans se faire craindre, de se faire craindre quelquefois sans se faire haïr, de se faire aimer toujours sans rien laisser perdre du respect. Est-il donc un talent plus certain de rassembler & de conserver une foule de courtisans ? C'est ce-

pendant un compliment, qu'a voulu faire Voltaire.
Qu'il renonce donc pour toujours à ce genre. Il n'y
eft pas heureux, ou du moins qu'il nous donne fouvent d'auffi jolis vers, que ceux-ci, & nous lui par-
donnerons peut-être volontiers tout ce qui lui
échappera d'ailleurs.

Henault fameux par vos foupés,
Et par votre chronologie,
Par des vers au bon coin frappés,
Pleins de douceur & d'énergie,
Vous, qui, dans l'étude, occupés
L'heureux loifir de votre vie,
Daignez m'apprendre, je vous prie,
Par quel fecret vous échappés
Aux malignités de l'envie ;
Tandis que moi placé plus bas,
Qui devrois être inconnu d'elle,
Je vois que fa rage éternelle,
Répand fon poifon fur mes pas.
Il ne faut point s'en faire accroire ;
J'eu tort de vouloir m'afficher,
Aux murs du Temple de mémoire.
Aux fots vous fçutes vous cacher.
Je parus trop chercher la gloire ;
Et la gloire vint vous chercher.
Qu'un Chéne l'honneur du boccage,
S'éleve au deffus des Ormeaux,
On en refpecte les rameaux,
Et l'on danfe fous fon ombrage ;
Mais quand du milieu du gazon,
Quelque brin d'herbe, ou de fougere,
S'éleve un peu fur l'horifon,
On l'en arrache avec colere.
Je plains le fort de tout Autheur ;

Que les autres ne plaignent gueres.
Si dans les travaux litteraires,
Il veut gouter quelque douceur,
Il doit fuir, comme un grand malheur,
Tous les beaux esprits ses confreres.
Montagne cet Auteur charmant,
Loin de tout Docteur malevole,
Tour à tour profond & frivole,
Doutoit de tout impunément,
Où se mocquoit très librement,
Des bavards foutés de l'échole :
Mais quand son éleve Charon,
plus retenu, plus méthodique,
De sagesse donna leçon,
Il fut prêt de périr, dit-on,
Par la haine théologique.
Les lieux, les tems, l'occasion,
Font votre gloire & votre chûte.
Hier on aimoit votre nom.
Aujourd'hui l'on vous persécute.
La Grece à l'insensé Pirrhon,
fait ériger une Statuë.
Socrate prêche la raison :
& Socrate boit la ciguë.
Heureux, qui dans d'obscurs travaux,
A soi-même se rend utile.
Il faudroit pour être tranquile,
Des amis, & point de rivaux.
La gloire est toujours inquiete.
Le bel esprit n'est qu'un tourment.
On est dupe de son talent.
C'est comme une épouse coquete,
Elle est fétée incessament :
Mais son caprice nous obsede.
Elle est des autres l'agrément,
& le mal de qui la possede.

Mais finiſſons ce triſte ton.
Eſt-il ſi malheureux de plaire ?
C'eſt un petit coup d'éguillon,
Qui vous force encore à mieux faire;
Dans la carriere des vertus,
L'ame noble en eſt excitée.
Virgile avoit ſon Mœvius,
Hercule avoit ſon Euriſtée.
Que m'importent de vains diſcours,
Qui s'envolent, & qu'on oublie ?
Je coule ici mes heureux jours,
Dans la plus tranquille des cours,
Sans intrigue, & ſans jalouſie,
Près d'un grand Roi ſans Courtiſans;
Près de Bouflers, & d'Emilie.
Je les vois, & je les entends.
Il faut bien que je faſſe envie.

Je regrette preſque, M. à la lecture de ces vers,
toutes les réflexions, peut être trop rigoureuſes, que
je vous envoye. Que ne doit-on pas pardonner à
une Muſe ſi riante, & ſi aimable ? dans quelques
écarts qu'elle donne, peut-on encore s'en ſouvenir
au milieu du plaiſir, qu'elle ſçait enſuite procurer ?
mais à quel titre oſerai-je eſpérer moi-même, que
vous me pardonniez cette longue diſſertation ?
Vous ne pouvez me faire grace, qu'en faveur du dé-
voüement ſincere avec lequel vous ſçavez, M. que
j'ai l'honneur d'être, &c.

N.

9 782019 947767